JN117529

宇宙の優等生になりたいなら、
アウトローの地球人におなりなさい!
ムンロ王子
88次元FaーA ドクタードルフィン
松久 正
VOICE

# Contents

## Part 1

## ヘンタイ化した高学歴の2人の出会い

Part 2

# あなたは何女王？ムンロ王子オリジナル「クイーン占い」で今度こそ幸せをつかんで！

## Part 3
# 特別鑑定！ ムンロ王子がドクタードルフィンをタロットで占う！

## Part 4
# 「生命の樹」で読み解く、人生の道のりとプロセス

## Part 5
# 88次元から地球人へのラブレター

## Part 6

# 今、再びここで2人が出会った理由
# ——ドクタードルフィンとムンロ王子の運命の絆

もう私は、普通の地球人には興味がなくって、
※ヘンタイ力というか、
ヘンタイ度があふれ出しているような人じゃないと、
私の魂が喜ばないのです！
そういう意味では、今日は私の魂が
〝お喜びさま〟状態になっています！

※ヘンタイ力
常識や固定観念に縛られない力のこと。

そういっていただけて光栄です（笑）。
でも、ヘンタイ度はドルフィン先生に比べると、
まだまだ〝突き抜け感〟がないかもしれませんけれど！

私なんか「東大出ているのに、タロット占い師」みたいな言い方をされますが、
そんな感じで〝のに〟とつける人たちは、
その肩書を持っていない人たちなんです。
でも、自分の未来や可能性に賭けて頑張ったのはこの私なんですよ。
だから、ああしろ、こうしろといわれる筋合いはないんです。

**私も発言力を持つには慶応の医学部でなくてはダメだ、**
**と思って必死で頑張ったわけですからね。**
**「世の中の概念をひっくり返す」みたいなことも**
**肩書があるからできるんですよね。**

基礎学力は、ロジカルシンキングを身に付けるためのものだったんです。
受験勉強はテクニックかもしれませんが、その先にロジックがあるんです。
私はそのロジックを占いに使っているんです。

令和の時代になったことで、
これからは、自分の魂が望むことだけをすることが重要になってきます。
そして、そんな生き方が社会のためになるんだ、
ということを理解してもらう必要があるんです。
そんなメッセージを伝えるためにも
私は高学歴の肩書が必要だったのです。
そうでないと、皆、話を聞いてくれませんから。

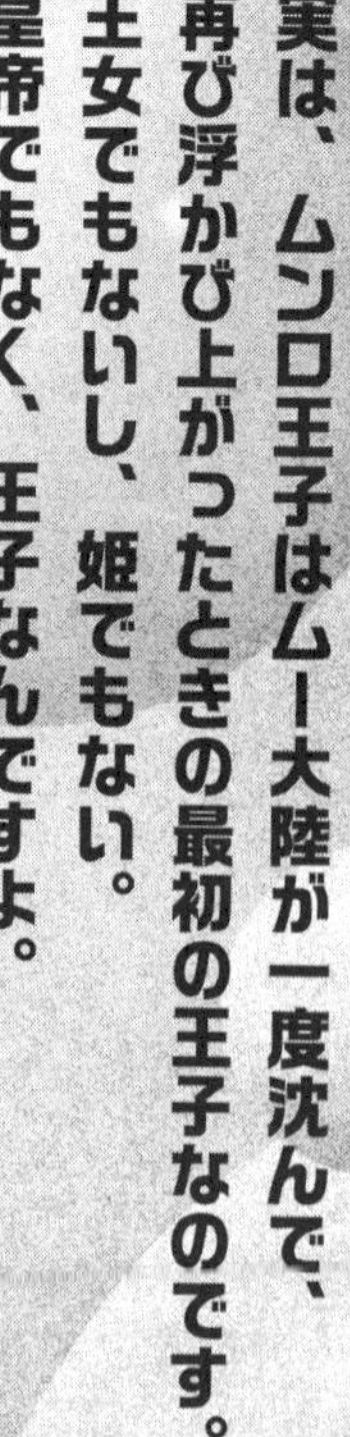

実は、ムンロ王子はムー大陸が一度沈んで、
再び浮かび上がったときの最初の王子なのです。
王女でもないし、姫でもない。
皇帝でもなく、王子なんですよ。

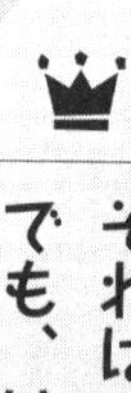

それは、驚きですね。
でも、はやり王様にはならなかったわけですね。

実は、皇帝になって正式なお披露目もそこそこに、
たったの2週間でまたムー大陸が沈んだのです。
だから、その時の想いが残っていて、
今、再び「ムンロ王子」として生まれてきているのです。

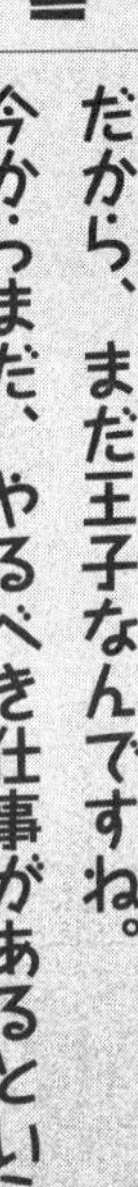

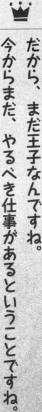

だから、まだ王子なんですね。
今からまだ、やるべき仕事があるということですね。

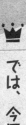

実は衝撃的事実なんですが、私はその時、
王子の幼馴染で、王子が皇帝になった時の皇后になったようです。
だから、私も一緒に沈んだんですね。
だから、ここで再び会って、「もう一度同じことをやろう！」
となったみたいです。

では、今回の出会いは再会だったんですね！

私たちは再び姿を変えて、
今度は「ヘンタイドクター」と
「ヘンタイタロット占い師」として
遂げられなかった想いを
今回の人生で実現させるしかないですね！

今回の人生で、
2人で叶わなかった愛と調和に満ちた王国を
今度こそ築いていきましょう！

# Part 1

# ヘンタイ化した高学歴の2人の出会い

# 東大法学部卒のムンロ王子と慶応医学部卒のドクタードルフィンの出会い

**ムンロ王子**　はじめまして！　タロット占いを用いて「パワータロット・カウンセラー」をしているムンロ王子です。他には、IT会社の社長をしたり、シャンソンを歌ったり、お料理・お菓子作りの講師などもする「ハイブリッド・パフォーマー」としても活動しています。

**ドクタードルフィン**　はじめまして！　東大法学部卒とお聞きしていますが、多芸多才なお方ですね。実は、ムンロ王子には会う前から〝ヘンタイ波動〟を感じていましたが、今もビンビンにヘンタイ波動が伝わってきていますよ。実は、もう私は普通の地球人には興味がなくって、ヘンタイ力というかヘンタイ度があふれ出しているような人じゃないと、私の魂が喜ばないので

す！　そういう意味では、今日は私の魂が〝お喜びさま〟状態になっているので、ぜひ、楽しいヘンタイトークができればうれしいです。

**ムンロ王子**

そう言っていただけて光栄です。ヘンタイ度はドルフィン先生に比べると、まだまだ〝突き抜け感〟がないかもしれませんが、今日はよろしくお願いいたします。ところで早速ですが、ドルフィン先生は、小さな頃から、すでにドクターになろうと決めていらっしゃったのですか？

**ドクタードルフィン**

はい。小学校の低学年の頃に、「20年後の私」という題の作文を書く機会があったんですね。その時に、すでに「将来は医者になる」と書いていたんです。「大人になったら、ガンや難病なんかも治せるようなスーパーヒーローになる！」って書いたら、その作文が学校で表彰されたんです。それ以来、自分でもすっかりその気になってしまい、「大きくなったら医者になるんだ！」と思うようになったんですよ。

**ムンロ王子**

なるほど。すごいですね。小学校低学年の頃には、もう自分の将来を決めていらっしゃったのですね。

**ドクタードルフィン**

はい。でも、同時に子どもの頃からこの世界には何か違和感みたいなものがずっとあって……。朝起きたり、学校に行ったり、ご飯を食べたり、宿題をしたり、みたいな日常生活の普通のことが窮屈で億劫でつらくてね。だから、「ヒーローになりたい！」と言いながらも、同時に自分の内側では、「もうこのまま消えてしまいたい……」、なんて思うようなところもあったんです。そんな私は、学校では子どもなのに相手の心を読みすぎるところがあって、その場を楽しくしなければと皆のご機嫌を一生懸命取っては、後でどっと疲れるような繊細な子だったんです。ちなみに、ムンロ王子はどんな子ども時代だったのですか？　東大法学部卒ということは、やはり、小さい頃から勉強一直線だったんですか？

### ムンロ王子

私は3人兄弟で、3歳上の兄に年子の弟との間の次男として育ちました。小さい頃は、母親は勉強なんかよりも子どもたちに庭の畑で家庭菜園を手伝わせるような人でしたけど、兄が小学校5年生の頃に勉強を頑張る友達がいて、母親はその子に感化されてしまったのか、我が家もそこから一気に受験モードになってしまったんです。私はまだ小学校3年生くらいだったんですが、毎朝、朝は近所をマラソンしたら畑仕事、というのが日課だったのに、そこからは「もう、勉強だけしていればいい！」、みたいな感じになったんです。

そしていざ、中学受験になって進学校を幾つか受けることになりました。まず、中高一貫の開成中学の受験日の当日、せっかく合格圏内だったのに、母親が寒くないようにと背中にポン！と投げ入れていたホッカイロが試験中に熱くなってしまい、〝かちかち山状態〟になってパニックになったんです（笑）。今から思うと、背中のホッカイロを下に落とせば済んだのですが、試験中に変な動きはできないので、ただただ母親への怒りで頭に血が上ってしまい、もう試験どころじゃなくなって（笑）。そして、余裕で受かると思っていた開成中学に見事落ちてしまったんです。

## 「ふんどし」か「海パン」かで学校を決めるムンロ王子

**ドクタードルフィン**
なんと、不合格の原因がホッカイロとは悔やんでも悔やみきれないですね（笑）。

**ムンロ王子**
はい、ホッカイロというか母親を恨みましたね（笑）。次に受けたのが同じく中高一貫の男子校の巣鴨中学です。今度は、学習効果でもうホッカイロは背中に入れずに参戦したおかげで、無事に受かりました。その後、鹿児島にあるラサールも受けたのですが、これがまた事件が発生して

……。ラサール受験用に先生が作ってくれた問題集のノートを母親が受験用の荷物の中に入れるのを忘れてしまったんです。実はそのノートは、試験前にもう一度見直そうと思っていた大切なノートだったのです。それで、試験がはじまったら、ノートにあったのと同じ問題が出ているのを発見！　またもや、「あのノートにあったのに！」と母親への恨みつらみがふつふつと湧いてきて、ノートのことで頭がいっぱいになり、試験どころじゃなくなってしまいました。今思うと、単純にその問題を冷静に解けばよかっただけなんですけれどね。それで、ラサールにも落ちてしまいました（笑）。

**ドクタードルフィン**　試験に落ちる時には、なぜかいつもお母さんが原因なんですね（笑）。

**ムンロ王子**　そうなんです（笑）。それで、結局、巣鴨中学に行くことになるのかなと思って、学校のパンフレットを見たら、生徒たちが学校の伝統行事で

「白いふんどし」を身に着けて海で遠泳をする写真があったんです。それで、「ふんどしなんて無理！　巣鴨になんか行きたくない〜！」って騒いでいたら、ちょうど海城高校を受験していた兄が「海城中学の二次募集があるから受けてみる？」と教えてくれたんです。早速学校案内を見たら、生徒たちがふんどしじゃなくて海水パンツを穿いていたんですね。それで、「海パンなら受ける！」と受けることになったんです。

**ドクタードルフィン**

ムンロ王子の場合、学校を決める条件が「ふんどし」か「海パン」の二択だったんですね。

**ムンロ王子**

そうなんです！（笑）。それで無事に海城に受かって、そこから勉強に邁進していたら、学年で1位になったんです。同級生にT君という子がいて、彼も筑波大付属駒場中を落ちた人で、その彼と2人して、いつも学年で1位を競い合っていたんです。

## 開成とラサールの怨念を晴らすために東大へ

**ドクタードルフィン**　さすがムンロ王子、賢い少年だったんですね。それに、いいライバルがいると成績も上がりますからね。

**ムンロ王子**　はい。それで、気づいたら、いつしか3位の学生と数十点も離れていて、2人して雲上人みたいになっていたんです（笑）。その後、私はそのまま海城高校へと進みましたが、T君は高校からは筑波大付属の駒場高校へ行ったんですね。そしたら、彼は高校では一気に順位が落ちて下の方へ行き、ついに高校をやめたという噂（うわさ）を聞いたんです。つまり、何が言いたいかというと、もし、私が開成中学に受かっていたら、東大へは行っていなかったと思うんです。

ドクタードルフィン　なるほど。そういう考え方もあるんですね。

ムンロ王子　そうなんです。きっと、開成では下の方になって早稲田、慶応あたりに落ち着いたかもしれません。実は、私は海城では初めて東大法学部に受かったんですよ。もともと海城は理系というか医学系が強い学校なので、医学部の予備校みたいなところがあったんですね。だから先生に「東大法学部を受けます！」と言ったら、「やめときなさい。うちから東大法学部はまだ1人も受かってないから」と言われてしまって。そして、「東大だったら経済学部か文学部へ行きなさい。法学部だったら一ツ橋に変えなさい」と言われました。でも、どうしても東大法学部へ行きたかったので無理して受験したら落ちたので、一浪したんです。

ドクタードルフィン　そこまでして東大法学部へ行きたかったのは、どういう理由だったのですか？

**ムンロ王子**　東大法学部へ入れれば、これまでの開成やラサールに落ちた怨念（おんねん）をリセットできると思ったんです。それに、母親への怨念も晴らせると思って（笑）。とにかく、高二で東大しかないと進路を決めた瞬間に、推薦組から外れたので、毎日学校へは遅刻して行くようになりましたね。でも、勉強しながらもテニスの部活などもしていて、結構楽しんでいたんですよ。

## 男子校でちょっぴり乙女なムンロ王子が体験した〝秘密の花園〟

**ドクタードルフィン**　ちなみに、ムンロ王子はもともとそんな感じの乙女っぽいしゃべり方なんですか？

**ムンロ王子**

そうです。もうこのノリは小学校の頃からです。3人兄弟の中でも、兄と弟がプロレスごっことかしていても参加せず、私は女の子たちと一緒に遊んでいましたね。

**ドクタードルフィン**

その頃からヘンタイ度が高かったんですね（笑）。

**ムンロ王子**

今思えば、そうかもしれないです。やっぱり、女の子たちと遊ぶと女子っぽい口調になってしまうんです。女の子たちと遊ぶから小6のバレンタインの時などは、女子たちが20人近くチョコを持って私の教室にまで来ていたらしいんです。私はラサールに試験に行っていたのでわからなかったんですけれど……。

**ドクタードルフィン**

そんな感じで男子校へ行ってしまったら、同級生たちからはモテてしょうがなかったんじゃないですか？

**ムンロ王子**　そうですね～。いわゆるBL、ボーイズラブ的なものは少しあったかもしれませんね。私はテニス部だったんですが、写真部の男の子から「お前の写真を撮ったから見に来てくれよ！」と言われて、部室に行ったら、私の写真がたくさん貼られていたことがあってびっくりしました！

**ドクタードルフィン**　あら～、ディープですね～（笑）。なんかドラマとかにありそう。

**ムンロ王子**　その頃は、「どうして私の写真ばかりがあるのよ！」ってくらいで何も考えていなかったんですが、今思えば、あれはBLだったのかも（笑）。もちろん、ストーカーされるほどまではなかったし、特に何もなかったんですが、でも、席替えでその子は私の隣の席にやってきたりして、結構アプローチされていたのかも……。

ドクタードルフィン　男子校の〝秘密の花園〟ですね。

ムンロ王子　でも自分としては、これまで女子と遊んできゃぴきゃぴしていたのに、突然、周囲が皆、黒い制服を着て低音でボソボソしゃべりはじめたのが、なんだかつまらなかったんです。

## 本能で学校選びをしていたムンロ王子

ドクタードルフィン　うーん。知らないうちに色気を振りまいていたんですね(笑)。ちなみに、いじめとかはなかったんですか？

ムンロ王子　いじめはあったのかもしれませんが、私はいじめられているという感覚もなかったですね。でも、成績もよかったので、足をひっぱられること

はありましたね。高1か高2の頃、ある同級生が「お母さんが仲良くしろと言ったから」といって近づいて来て、「ノートを貸して」と言うんですね。気前良くノートを貸したところ、試験が近くなってもノートを返してくれないという。

**ドクタードルフィン**

それは、ムンロ王子に勉強させないように、その子のお母さんが刺客として息子を送り込んだんだろうね。

**ムンロ王子**

やはりそう思いますか？　ノートを返すのは試験の当日、みたいな。その子は成績が4番くらいの子だったから、私を蹴落としたかったんだと思います。きっと、その子のお母さんがそうしたかったんでしょうね。でも、ノートがなくてもちゃんと一〇〇点取りましたけどね（笑）。私はいじめられるというか、〝いじられる〟みたいなことはありましたね。クラスメートから「ラケットのカバーを外してみて」と言われて外したら、グリップの部分にコンドームがついていたりとかね。それで、「何？これっ？」って言って泣いてしまったことはありました（笑）。

**ドクタードルフィン**

あら〜、泣いちゃいましたか。でも、皆のマスコットみたいな存在だったんでしょうね。

**ムンロ王子**

なんか〝疑似女子〟みたいな存在だったんだと思います。でも、今、こうして振り返ると、やっぱり、きちんと本能で自分の行くべき道を選んできたんだな、ということです。海城は昔の海軍予備校であり、巣鴨は陸軍予備校だったんですね。陸軍予備校は規律がすべてで巣鴨の生徒は真面目で実直というイメージがあって。でも、海軍予備校は海に出ると自分の裁量が大きく影響するので、海城はとても自由な校風だったのです。私はふんどしと海パンという部分だけで直感で学校を選んだのですが、その〝氷山の一角〟で私はすべてをとらえていたんだなと思うんです。中高生という繊細な時代に、自分にとって生きやすい場所をきちんと選んでいたんですね。

ドクタードルフィン　ふんどしと海パンで将来を決定するその直感力が、今のタロット占いに生かせているんですね。

## おばあちゃんの〝名言〟にショックを受けたドクタードルフィン

ムンロ王子　ところで、ドルフィン先生はどんなお子さんだったんですか？

ドクタードルフィン　今度は私の魂をヌードにする番ですね(笑)。私は昭和41年9月4日生まれ、三重県出身です。

ムンロ王子　私は9月8日ですよ。2人とも乙女座ですね。では血液型は？

ドクタードルフィン　B型です。

ムンロ王子　あら、私もです！　一緒ですね。

ドクタードルフィン　なんと、運命の出会いですね。では、私の人生を誕生した時までさかのぼってみましょうか。実は、私は未熟児で生まれてすぐに集中治療室に入ると、医師からは10日も持たないだろうと言われていたんです。もう死にかけていたらしく、後でおばあちゃんから「正(ただし)の周りにはハエが飛んでいたんだよ」と言われてショックでしたね。それに、長くは持たないだろうからと、名前も簡単でいいと一文字の「正」になったみたいで、おばあちゃんから「どうせ死ぬから正」という名言が出たんです。それまで、正という名前は気に入っていたのに、これまたショックでしたね。

**ムンロ王子**　そんな名言、聞きたくなかったですよね（笑）。

**ドクタードルフィン**　そうなんです（笑）。すべてはそこからはじまったんです。でも、母親の父親が肺がんで亡くなったのですが、毎日、バケツの水を被（かぶ）っているような意志の強い人で、「俺が助ける！」と言って亡くなったらしいのですが、奇跡が起きて、生まれて10日目あたりからみるみるうちに復活して私は元気になったらしいんです。そこから、「松果体を永久に正す」という意味での「松久正」としての人生がはじまったのです。

**ムンロ王子**　「どうせ死ぬから正」から生まれ変わって、まったく新しい人生がはじまったのですね。

**ドクタードルフィン**　そうなんです。でも、さっきも言いましたけれど、とにかく子どもの頃は繊細すぎてね。友達を喜ばせようとして、自分の心を殺してまで友達が喜ぶこと、友達に楽しいと思ってもらえることばかりを考えて生きていました。弟と妹がいる3人兄弟の長男でしたが、自宅では家族を喜ばすことをやらなくてはいけないので、勉強も頑張っていたのです。でも、運動もできたんですよ。ドッヂボールも上手かったし、走るのも速かった。でも、そんなバカをやっていた小学生時代に決定的に人間ぎらいになるような事件に遭遇してしまったんです。

## 初告白！ ドクタードルフィンを襲った修学旅行の事件

**ムンロ王子**　それは、どんな事件だったんですか？

**ドクタードルフィン**　実は、小学校の修学旅行の時に男子たちのグループが旅館で「ジャンケンで負けたやつが女子の部屋に侵入するぞ!」ということになって、女子が部屋から出ている間に、ジャンケンに負けた私が女子の部屋に、こっそりと侵入することになったんです。そうしたら、「おい! 松久はスケベだぞ〜!」と皆に言いふらされてしまって。それで、女子たちには白い目で見られてしまい、もう人間不信になってしまいました。

**ムンロ王子**

子どもって残酷ですからね。

**ドクタードルフィン**

そうなんです。それでも耐えて、毎日ニコニコしていましたね。繊細な自分がバランスをとるために、友人たちの前ではいつも人を笑わせる踊りやパフォーマンスでバカばかりをしていました。でも、中学になるとあまりにも繊細すぎて、ついに学校に1週間くらい行けなくなってしまって……。人と交流するのにエネルギーを使いすぎて、中学時代なんかはよく生きていたな、というくらいでした。今でも地元に帰ると、その頃のことを思い出すので、あまり地元には帰りたくないんですよね。その後、高校生になると柔道部で疲れすぎて、勉強の時間があまり取れませんでしたが、成績はトップクラスでした。でも、個性的な教育をする筑波大の医学部の小論文と面接の入試を受け、「人格で勝負してやる!」と一生懸命小論文を書いたけれども、ダメでしたね。

**ムンロ王子**

ドルフィン先生も一浪したんですね。

**ドクタードルフィン**

そうです。でも、そこから私は生まれ変わったんですよ。実は、予備校は地元から名古屋には通えるし、名古屋にも大手の予備校も多かったのですが、東京の予備校でないと勝負にならないと思って、東京に出てきたんです。慶応の医学部へ行こうと思うと、名古屋の予備校では太刀打ちできないし、実際にそういうデータも出ていたんですね。

# 繊細な自分だからこそ、発言力のある大学へ行きたい！

**ムンロ王子** ちなみに、慶応に行こうと思った理由は？

**ドクタードルフィン** 慶応に行こうと思った理由は、子どもの頃から僕みたいな繊細な人間が活躍するためには、発言力がある大学へ行くべきだと思ったんです。日本の大学に医学部はたくさんあるけれど、それでも発言力ある大学は、やっぱり東大か慶応なんですよ。だから、肩書をつくろうと思ったんです。そうでないと、私の話を人は聞いてくれないと思ったんです。そこで、親の反対を押し切って、東京の市ケ谷の駿台予備校に行きました。そこには、全国から秀才ばかりが集まってきていましたね。

**ムンロ王子** 実は、私も駿台です。ここでも一緒ですね！

**ドクタードルフィン**
おお、また同じですね！　とにかく、ここの医学部専門コースには、成績順に8クラスある中、1回だけBクラスに落ちたけれども、あとはずっとAクラスを維持していて、偏差値も67から20上げて、駿台の偏差値で87までいきました。

**ムンロ王子**
それはすごいかも！

**ドクタードルフィン**
それで、駿台予備校の寮では皆、寮生活をさびしがって、家族や彼女によく電話したりしていてね。私の方はといえば、妹が毎週手紙を書いて送ってくれていたのを彼女からの手紙と間違えられたりしていましたね（笑）。とにかく、その頃は1日15時間くらい勉強していたかもしれない。他の寮生が「楽しいこともやらないと持たないよ！　たまには、一緒に街へ繰り出してナンパしようぜ！」なんて言って誘ってきたけれど、そ

んなことをしたら絶対落ちると思っていましたからね。だから、「Soldier Spirit（戦士の魂）」と書いた紙を部屋のドアに貼り付けたりしてね。そしたら、ついに皆が部屋に入ってこなくなった！　もう、周りからはおかしくなったと思ってもらおうという戦略でした。どこまでも自分を孤独に追い込んで、自分と闘うソルジャーという感じでしたね。

そして、クリスマスイブの日。この日は、寮生たちが皆で門限を破ろうと言って、全員が外に出ている中、私1人だけが寮に残って朝まで勉強していたのがいい思い出ですね。皆は朝帰りが見つかってしまい、寮からはこっぴどく怒られていましたね。とにかく、強烈なプレッシャーで自分を追い込んで勉強したおかげで、無事に慶応医学部に受かりました。死ぬほど勉強してきたから、受かるべきして受かったんだけれど、やっぱりうれし泣きしましたね。

## 「松久オン・ザ・ステージ」で弾けた大学時代

**ムンロ王子**　当時の大学受験は、今なんかよりも全然厳しい時代でしたからね。何しろ受験生の数が今より全然多かったから。日本における受験戦争もピークの頃ですよ。それで、大学生活はどんな感じだったんですか？

**ドクタードルフィン**　1年間ストイックな時代を送ったけれども、また再び、バカなことをやる昔の自分に戻ってしまいました（笑）。というのも、周囲の生徒が名前を聞いたことのあるような有名な高校出身者ばかりで、私だけ地方の県立高校出身なので、生まれた時点のステイタスでもう負けていると。だから、自分からグイグイとアピールしていかないとね。そこで、小中高時代の自分が再びスイッチオン！　学園祭では、タレントがステージに出る前に前座で狂ったように踊りまくって会場を盛り上げたりしてね。

そしたら、その場が盛り上がりすぎてしまって、そのタレントさんがその様子を見て、舞台に出るのを嫌がって怒ってしまったことがありました。私は、会場を温めてタレントさんに喜んでもらえれば、と思っただけれどね。もう、「松久オン・ザ・ステージ」状態で私が全部持っていってしまったという（笑）。とにかく、学園祭とかあるたびに司会とかやっていたので、大学の最後の3年間は、周囲からも「医者はやめて、エンターテイメントの世界に行けば？」なんて言われていましたよ。

**ムンロ王子**

えー!? そんなに皆に言われるほど芸達者だったんですか？

**ドクタードルフィン**

当時、「とんねるず」が司会をしていて大人気だった恋愛バラエティ番組、「ねるとん紅鯨団」にも出ましたよ。男性側の出場者が「医者の卵シリーズ」という回があってね。テレビ局の人が慶応大学の医学部の学生にも出てもらいたいと何人かに電話したら、「皆が試験だからと断る中、あなたの名前が出たんです」、といって連絡してきてね。それで、早速面接を受けてやらせなしの収録の中、緑の目立つ服を着て収録に参戦してきました。

番組では、東京医科大のハンサムな男性がある女性に告白をする時に、恒例の「ちょっと待った～！」というセリフで飛んで行って2人の間に割り込んで行って女性に告白したんです。馬術部だったので「一緒に白馬に乗って高原を駆けましょう！」とか言ったら、「ごめんなさい！」と撃沈してしまいまして……。

**ムンロ王子**

あ～、あの頃、流行りましたね！「ちょっと待った～！」っていうのが。

**ドクタードルフィン**

それで、とんねるずのタカ（石橋貴明）さんが可哀(かわい)そうに思ったのか、慰

めに追いかけてきてくれました。「これでダメでも、頑張ってきちんと医者になってくれよ〜！」ってね。ちなみに、その日集まったメンバーは遊び好きの医学部生ばかりだったから、収録後には私が幹事をやって飲み会をしてまた皆を盛り上げたりしてね。「皆さん〜！　私もフラれました〜！」とか言ってね。でも、実際には、収録後の飲み会の方でカップルになる人たちが多いんですよ。とりあえず、オンエア後は、地元の祖父母に「あの子は東京で何やっているんだ！」って呆れられるし、教授も怒ってましたね。

## もがく日々から世界へ飛び出せ！

**ムンロ王子**　ある意味、めちゃめちゃ青春してたんですね。

**ドクタードルフィン**　そうですね。一度も板を履いたことがないのにスキー部に入って競技スキーの練習をやったりね。当時はまさにユーミンの歌ではないですが、「サーフ＆スノー」の世界で青春を謳歌していましたね。そして、卒業したらそのまま慶応の医局に残って整形外科で世界一のゴッドハンドになろうと思っていたんです。そのための願書を出そうと思った、まさにその前日の夜に母親が電話をしてきて、自分の体調のこともあり三重に帰ってきてほしい、と言うんですね。そこで、今までの家族への感謝の気持ちで地元に帰ることを決意し、三重に戻って三重大学病院の医局に入ることになったのです。そこからは、これまでの自著で、すでに何度かご紹介してきたとおり、「白い巨塔」の世界に巻き込まれていったんです。

**ムンロ王子**　その道のりを少しかいつまんで教えてください。

**ドクタードルフィン**

地元の国立大の医学部の教授からは、慶応からやってきた私は警戒されて、「あいつを潰せ」という指令が出ていたこともあって、居心地の悪い日々が続くので、慶応へ戻ろうとしたんですね。でも、慶応の病院長になっていた教授の前で土下座したら、「バカ野郎！　土下座なんてするんじゃない！　福沢諭吉の精神に反するぞ！　逃げ出すな！」と怒られて失意の中、しぶしぶ三重へ帰りました。その後、私を潰せと言った教授は亡くなったものの、遺伝子研究室に放り込まれて、1日中暗闇でフラスコを振る日々ばかりが続き、ついに過労とストレスで三重大学病院に入院してしまいました。

**ムンロ王子**

なんと、勤務していた病院に入院されたのですね。

**ドクタードルフィン**

そうなんです（笑）。そこで、「もう世界に飛び出さないといけない！」と決心して、教授からは「海外に行きたいなら、コネでハーバードでも行かせてやるから待っていなさい」と言われても、「新しい世界で、自分の新しい可能性にかけてみたい！』と、破門覚悟でアメリカに旅立ちました。そこからアメリカで10年、「ドクター・オブ・カイロプラクティック」の資格を取ったのですが、それでも私が追求する「人を根本から変容させる」ための方法は、その時点ではまだわからず、自分でももがいていたんです。

でも、留学中の後半にセドナへ行ったのが転機になり、これまでのバラバラだったものがひとつになったのです。現地でヒーラーやチャネラーと出会ったり、第3の目が開いて高次元からの叡智（えいち）が降りてくるようになると、これまで学んできたことがすべて融合して、心と身体と魂を癒す医学を志すことになったんです。そして、そのままアメリカに残ろうとした時に、父親が末期のがんであるという知らせがきて、急遽（きゅうきょ）日本に戻ることになりました。

## 3人の大切な人を亡くしたのは天からのメッセージ

**ムンロ王子**　すごいタイミングだったんですね。

**ドクタードルフィン**　父親の死に目にはあと一歩というところで会えなかったのですが、同じ時期に大切な人を2人亡くしているんです。1人は私の結婚式に友人代表でスピーチしてくれた慶応医学部の時の親友です。彼が若くして悪性の腫瘍で亡くなってしまったんです。もう1人は、アメリカから「ガンステッドカイロプラクティックセミナー（修得が最も困難とされるが、素晴らしい効果をもたらすカイロプラクティックのセミナー）」を私と共に日本に持ってきた片腕のパートナーがやはりがんで亡くなったのです。

同じ時期に人生で自分にとって最も大切な3人が亡くなったことは、自分にとっては何か天からのメッセージのような気がしました。

**ムンロ王子**

大切な人が1人いなくなるだけでもショックなのに、3人同時というのは本当に大変でしたね。

**ドクタードルフィン**

親、親友、仕事のパートナーが同時期に一度にいなくなるなんて、めったに起きることではないと思いました。でも、そこから奇跡的に鎌倉で診療所を開設して、毎日、新規予約が数年待ちで全国から患者さんが訪れてくるようになりました。そして、最初は健康本からでしたが、その本がベストセラーになって以降、本の出版も立て続けにはじまったのです。かつてセドナのチャネラーのところに行き、私が講演会をやりたいと言ったら、「本を書くべきだ」と言われて、その頃はピンと来なかったのだけれど、今、予言されたとおりになっていますね。

**ムンロ王子**　今ではもうヘンタイ化されて言いたいことを思うがままに発信できているわけですよね。

**ドクタードルフィン**　ヘンタイというのは、普通の人間ができないことをする、ということです。大切な3人がいなくなった時に、「もう本当に自分だけしかいないんだ。やるのは自分なんだ」と思ったんですね。今、老若男女がありとあらゆることを訴えて診療所にやってきます。同じように、講演会にもさまざまな人たちがやってきます。私は、そんな人たちの心を瞬時に読み取るのです。どんなに大勢の人がいても、この人たちが何をやったら楽しむのか、何をやったら喜んでくれるのか、ということを常に考えていますからね。

**ムンロ王子**　それこそ、ドルフィン先生がまさに子ども時代にやっていたことですね。

ドクタードルフィン　そうなんです！　そのために小さい頃からバカなことをやってきたんですよ。でも、それができるには、繊細じゃないとダメなんです。そうじゃないと人の気持ちは読めないですからね。でも、だからこそ、傷つき落ち込むことも多かったんですけれどね。

## 高学歴は自分の手でつかんだもの

ムンロ王子　ドルフィン先生のこれまでの道のりを聞いてきて、なんだか自分の話を聞いているようなシンクロがたくさんありました。まず1つは、受験のときに人を避けてまでこもって勉強していた話です。私も子どもの頃に、皆が楽しそうに盆踊りで踊っている時に、2階の自分の部屋で盆踊りの音楽が聞こえてくる中、勉強しながら「盆踊りに行けないのなら、2階から飛び降りて死ぬ！」とか思って遺書を書こうとしたほどです（笑）。

でも、それくらい自分を追い込んで勉強していたんですよね。そのあたりが似ていますね。

**ドクタードルフィン**
私の場合はこもったのはクリスマスで、ムンロ王子は盆踊りでしたか（笑）。

**ムンロ王子**
でも、そこまでやって自分の力で高学歴という肩書を手に入れたということでもあるんですよね。学歴が高いと、慶応もそうかもしれないけれど、「東大出ているのに」とかよく言われるんです。たとえば、「東大出ているのに、タロット占い師」みたいな感じの言い方ですね。でも、そんな感じで〝のに〟とつける人たちは、その肩書を持っていない人たちなんです。たとえば、親から会社などを引き継いで自分に社長という肩書がついている場合もありますね。でもそれは、親が苦労して築いた財産ですよね。だから、そんな肩書を持っていると何かふさわしくないことをすれば、人に注意されたり、非難されたりしても当然です。

でも、自分でつくった肩書は自分がどうしようが自由だと思うんですよね。親も「東大まで入れたのに！」とか言いますが、確かにそれは正しいけれども、「でも、入ったのは私だから」ということです。もちろん、親には感謝はしているけれど、「どう生きようが私の勝手でしょ」、ということです。自分の未来や可能性に賭けて頑張ったのは自分なんだから、「ああしろ、こうしろ」と言われる筋合いはないんですよね。

ドクタードルフィン

私も発言力を持つには慶応の医学部でなくてはダメだ、と思って必死で頑張ったわけですからね。「世の中の概念をひっくり返す」みたいなことも肩書があるからできているんですよね。

## 受験勉強で培ったのはロジカルシンキング

**ムンロ王子**

そうなんですよね。でも、大学卒業後に慶応卒の先生が地元の国立大学で潰されそうになった話もよくわかります。私も東大という肩書に潰された人をいっぱい見てきていますから。でも、勉強してきてよかったのは勉強で得たロジカルな考え方やノウハウを使いこなせる、ということです。そして、それらを用いてものごとを切り開いていけるんですよね。

たとえば、スピリチュアルの世界もそうですが、いわば見えない世界というのは〝グレーゾーンの世界〟を扱いますよね。そんな見えない未知の世界を理解するのは、やはりロジックなんです。結局、受験勉強は国語、数学、外国語などすべて大人になって使う思考回路を学ぶためのものなんです。つまり、基礎学力は、ロジカルシンキングを身に付けるためのものだったんです。受験勉強はテクニックかもしれませんが、その先にロジックがあるんですよ。ロジックは、新しい研究など未知の世界に飛び込むための道具なんです。そして、私はそのロジックを占いに使っているんです。

**ドクタードルフィン**

なるほどね。まさに勉強してきた人のロジカルなコメントですね。それにしても、これまでは、人は社会の常識や固定観念に合わせて自分をつくり上げてきた時代だったと思うんです。でも、これから令和の時代になったことで、内観して自分の魂が望むことだけをすることが重要になってきます。そして、そんな生き方こそが社会のためにもなるんだ、ということを皆に理解してもらう必要があるんです。そんなメッセージを伝えるためにも、私には高学歴の肩書が必要だったということです。そうでないと、皆、話を聞いてくれませんから。

# モノのあふれる社会で不幸になる人たち

**ムンロ王子**

よくわかります。私のもとへ来るのは、ほとんど女性たちですけれども占いも医療も悩んでいる人が来るんですよね。医者や弁護士がお金をもらえるのは、困っている人がいるからです。つまり、社会や人間の苦悩やトラブル、恥部をサポートするからです。宗教も同じです。でも、毎日トラブっている人たちの相手をずっとし続けるのは大変です。毎日グチや悩みばかりを聞かされるのですから。だから、闇を請け負うということは、それだけのお金を払ってもらう価値もある、ということでもあるんですよね。

今、資本主義社会を生きる私たちの周囲にはモノがあふれすぎていて、満ち足りすぎた時代なんですね。でも、それに反比例するように現代人の心はすさんでいる。すべてをスマホで済ませてしまって、部屋に閉じこもったりして、人と人が触れ合い支え合うこともなくなってしまいました。こんなことでは社会は衰退していくばかりです。

一方で、資本主義に置いていかれた国では飢餓で死んでいく人もいる。今、人類はこれまで味わったことのない闇を経験していると思うんです。私のもとへ来る女性も狂気に満ちていて、「どうしたのあなた！」みたいな人だって多いんです。そんな人だって一見、キレイにお化粧をして高い洋服を着てお金持ちで、みたいな人だったりして。そんなまともに見える人も、中身はゾンビ以外の何物でもない、みたいな人がいるんですから。

**ドクタードルフィン**

今の人たちは、社会や周囲だけを見て〝幸せの形〟を決めていますからね。魂から喜べる人生を生きていないから。

**ムンロ王子**

たとえば、「うちの子が試験に受からない！」と言う人がいても、「あなたの子だからよ」と言いたいときだってあるんですよね。でも、「あなた、どこの大学出てんのよ。あなたの子は、あなたのＤＮＡでしょ！」なんて口が裂けても言えませんから。それなのに、「こんなにお金かけたのに、こんなにいい先生につけたのに勉強できない」とか言われても、無理強いするから子どもの方はどんどん反対の方向に行ってしまって結果的にニートになったりするんです。

私からすると、「自分の子どもをそんなにいじめてどうするの？　子どもはあなたのペットじゃないのよ」ということです。お金で子どもも産める時代になっているからと言って、子どもの学歴もお金で買えると思っている。確かに、周囲で政治家のコネで、お金で受験に受かった子もいたけれど、一緒に勉強していると頭が悪いことはわかってしまう。

そして、結局そんな子はついていけずに学校も辞めてしまうんですよね。自分の見栄のために子どもにペット以下の扱いをしている親だって多いんですよ。

## 滝行で〝気〟を扱えるようになったムンロ王子

**ドクタードルフィン** ムンロ王子の場合は、そんな狂気に満ちた人たちの鑑定をする場合、ご自身をどうやって浄化しているんですか？

**ムンロ王子** 私は占った後に自分の気分が悪くなるというより、「もっと、こんなアドバイスをしてあげればよかったな」と後悔することは最初の頃はありましたね。というのも、私はタロット占いの教科書を1冊しか読んでいないんです。2冊目を読もうとしたら、その本は難しすぎて自分にはピン

とこなかったんですね。というよりも、占ったことのない人が書いているんだな、だから、あえて難しく書いてゴマかしているというのがなんとなくわかったんです。そこで、ある程度、基本的な情報をもとに、自分なりに占っていたのですが、最初の頃は占っていると、カードの解釈などを間違うこともあって、鑑定後に気づくこともありました。そんな後悔が積もり積もって一度、滝行（たきぎょう）へ行ったんです。ドルフィン先生は、滝行をなされたことはありますか？

**ドクタードルフィン**

ないですね。

**ムンロ王子**

私はこれまで5回ほど富士山の雪解け水が流れる「龍神の滝」まで滝行に行ったことがあるのですが、3回目に行った時に、そこのお坊さんが「あなたは、人に気を送れる人なので気を通してあげましょう。そこにお座りなさい」と言って、私に気を入れてくれたんですね。私は目を閉じていたのですが、お坊さんが手を私の頭上に当てているのがわかったんです。すると、その瞬間に背骨の内側に風がすっと入っていったのがわかったんです。それは、頭からお尻まで空洞ができて、気が通った瞬間だったんですね。

それ以降も2回ほど滝修行をしたのですが、自分なりに気の通し方はわかったので滝修行は卒業したのです。今、私は占いをスタートする前にカードをシャッフルした時点で相手の方に気を送るんですね。私は自分のことを「タロット占い師」と呼ばずに「パワータロット・カウンセラー」としているのは、気を送ってその人を占うだけでなくその人を整えて導いているからなんです。気を入れたカードでタロットをすると、「死神」とか悪いカードが出ても、向き合う「気力」が湧いてくるのです。

ある意味、その人に魔法をかけているような感じですね。

**ムンロ王子**

占ってもらっている最中に、いやなことを言われると落ち込んだりするけれど、私が気を閉じ込めたカードなら、ネガティブなカードでもポジティブなものに変えられるので、悩み事があっても乗り越えようという気持ちになるんです。この不思議な現象を「神」と言うと宗教が絡むので、私は「フォース（力）」という言い方をしていますが、このとき、上からすっと何かが降りてくるんですよね。

すると、占ってもらっている本人は、見ず知らずの人にいきなり心臓をえぐられるほどのカードを突き付けられても、自分の問題を直視せざるを得なくなるのです。だから、私のタロットは、占いというよりもカウンセリングに近いんです。相手に、問題から逃げずに覚悟を決めさせる、というような働きをするので。そんなことを学んだのが滝修行なんです。だから、私は、悩み多き人たちのグチを受け止めることで自分を浄化しなくてはいけないというよりも、すでに相手よりも強いパワーで邪気を跳ね返せるくらいにはなっているんだと思います。

## 占いのシステムを作るためにはじめたタロット占い

**ドクタードルフィン** それは素晴らしいですね。そのパワフルさがあるから、どんな人の悩みにも対応できるんですね。

**ムンロ王子** はい。でも実は、もともと私は占い師になろうと思っていたわけではなくて、IT系だったので、タロットのプログラムを作りたいと思っていたんですね。ネットなどで占いをすると、星座や血液型が同じだと答えは皆、同じになってしまいますよね。姓名判断だってそうです。でも、タロットだけはカードを読み解く幅があるので難しいのです。だから、これをプログラム化したら特許がとれるかなと思って。

それで、タロット占いのシステムを作ろうと思ったときに、1000人くらいのサンプルが必要なのでデータを収集するために無料で占っていたんですね。そうしたら、だんだん占いが上手くなったんです。それまでは、お金もいただいていなかったんだけれど、周囲から「これだけ当たるんだから、お金をもらった方がいいよ」と言われたけど、お金をもらったら占い師になってしまうので、かなり抵抗はありました。

でも実際にお金をもらうようになると、占われる方もこれまでは「楽しそう！」というような軽いノリだったのに、真剣になると出てくるカードもまた変わってくるんですね。だから、お金をいただくのは大切なんだなというのもわかりました。今でもイベントでは、1日に20人くらいは占うことになるんです。

だから、「疲れませんか？」とも聞かれるし、もちろん1日中しゃべるので疲れますが、それは好きなスポーツをして疲れるような心地よい疲労感なんです。特に、女性はさっきまで泣いていたのに、突然、「そうですよね。わかりました！」となった瞬間に目の輝きが変わるんですね。そういう瞬間をたくさん見てきました。やっぱり、迷っているときの女性は目も当てられませんが、覚悟をきめた女性は強いなって。一度覚悟が決まれば男性より凛々（りり）しいですよ。

**ドクタードルフィン**

それはありますね。私の診療に来る方も同じですよ。女性の方が肝が据わっていますね。

**ムンロ王子**

そう。男性の方が、「わかります、わかります」と言いながらわかっていませんからね。だから私は女性たちが一瞬の気づきで輝くそんなポジティブな気をもらって、自分をレベルアップさせているという感じなんです。だから、悩みとか苦しみのエネルギーがやってきても、それ以上の力で跳ね返すんですよ。

## 七面山でのお告げのとおりになる

**ドクタードルフィン** ヒーリングなど癒しを行う人は、自分が二者の関係において負けてしまう人も多いものですが、さすがムンロ王子ですね。相手のパワーを上手く取り込んで、どんどんご自身もパワーアップしているんですね。女性たちに幸せを導く仕事は、まさに天職ですね。

**ムンロ王子** でも、実は約5年前に山梨の七面山に登ったときに、「タロットはもういいから、これからは、システムの方でビジネスをやらせていただきます」とお願いに行ったら、「あと4年待ちなさい」というメッセージを受け取ったんです。もっと言うと、「あと3年今の道を究めたら、そこから自分の好きな道を行ける」というお告げをもらったような気がしたんです。これは、山のルートを順番にたどりながら登っている時にふと自分に降りてきた気づきだったんですね。そこから、歌を歌いはじめたり、競馬で5万馬券を当てたり、テレビや雑誌などからも声が掛かったりして、少しずつメディアへの露出がはじまったんです。

**ドクタードルフィン**

競馬の予想はどうやってするんですか？

**ムンロ王子**

競馬は賭けたことがなく、最初は馬の運勢を占っていたのですが、なかなか当たらなくて。そこで考えたのです。競馬の場合、馬が優勝して得するのは馬主ですよね。だから、馬主の運勢を50％として観て、それから騎手の運勢を30％、調教師と馬の運勢を10％ずつの比率で観るようにタロットに指示して占うようにしたら、当たりはじめたんです。七面山

に登った日に私の予測に基づいて馬券を買った友人が、100円が5万円になったと言って驚いて連絡してきました。写真判定で勝負を決めるくらいのレースだったのですが、たとえ馬の履歴などを調べたって当たるわけないですよね。結局は馬主の運なんですね。

**ドクタードルフィン** それはすごいですね。でも、競馬予想は仕事にしなかったのですか？

**ムンロ王子** はい。だって、次が当たるとは限らないですよね。「5万馬券を当てた」という触れ込みは、「東大出た」というのと同じ苦しみを味わうことになりますからね。でも、七面山で受け取ったお告げどおりに、4年が経ったら雑誌の取材を続々と受けるようになったり、『anan』で2018年下期の占い特集で「今年の占い師10人」に選ばれたり、今は、サンスポドットコムのサイトでオンラインでできるタロット占いコーナーも持っています。つまり、サンケイスポーツが私がやりたかったタロットのシステムをプログラム化してくれて、何百万人ものユーザーに露出してくれたんですよね。これってすごいことなんです。本当にお告げのとおりになっているんです。

## 受験勉強は学校の試験ではなく、天からのテスト!?

**ドクタードルフィン**　ここへきて、一気にブレイクされたんですね!

**ムンロ王子**　そうなんです。ドルフィン先生のセドナに当たるのが私には七面山なんですね。でも今、私も自分の人生を振り返って、そして、1万人の女性たちを鑑定してきて思うのは、よく「偶然と必然」と言いますが、結局は「すべて必然」なんですよね。ただし、その人が理解できないことや科学的に証明できないこと、自分の思考を超えたことがあると私たちは

「偶然」という言葉で片付けるだけなんです。ただし、「奇跡」というものもあると思うんです。奇跡だけは予測不可能なものであって、神がかっているものだと思います。

**ドクタードルフィン** でも、神だから奇跡を起こせる、というのもあるんですよね。

**ムンロ王子** そうですね。その人にとって、それは神かもしれないし、宇宙かもしれないし、光かもしれないけれど、あることを突き詰めているとある場所にたどりつく、というものだと思うんです。つまり、受験勉強もどれだけ次のことが極められるか、というのを上の人が見ているんじゃないかなと思うんです。つまり、上からのテストのようなものですね。

**ドクタードルフィン** なるほどね。受験勉強は学校のテストじゃなくて、上からのテストなんですね。

**ムンロ王子**

そうです。そして、そこの部分がクリアできたなら、お前にはこれを与えてあげよう、という次のステージが与えられるのです。だから今、私も女性の悩みをただのグチだと思って聞いているというふうに受け取っていると上の人に怒られちゃうんです。やはり、鑑定する相手のことをすべて受け入れて、その人に今、最も必要なことを伝えるんだ、という意識でやるようにしています。そして、それがお前はできるはずなんだ、というふうに上は見てくれているんだと思うんです。私は、こんな感じで少しずつ山登りをするように上に上がってきたのかなと思うんですね。でも、ドルフィン先生は、人を一気にロープウェイで引き上げるんでしょうね。それも、いきなり3千メートルくらいバーンと引き上げそう！

**ドクタードルフィン**

後でムンロ王子も一気に上に引き上げたいと思います。

ムンロ王子

きゃ～。うれしいけれど、高山病にならないようにお手柔らかにしてくださいね。

# Part 2

# あなたは何女王?<br>ムンロ王子オリジナル「クイーン占い」で<br>今度こそ幸せをつかんで!

# パワータロット・カウンセラー

## "占い"だけじゃない！ "パワー"をチャージして人を幸せに導く "カウンセラー"でもあるのよ！

私は自分のことを、「タロット占い師」ではなく「パワータロット・カウンセラー」と呼んでいるの。というのも、占いに必要なのは、未来の予測や予言だけじゃないの。その人が望んでいる未来をつかむためにはどうすればいいのか、また、もしタロットで悪いカードが出たなら、どう向き合えばそれを良い未来に変えていけるのか、それを私なりに占いながら同時にカウンセリングを行っているの。そして、最初に「えいっ！」って"気"をカードに入れることで、パワーをチャージ！ その人にネガティブな思いがあっても一気に振り払ってしまうわよ！　このムンロ王子のパワー注入の儀式を行うことで、皆が「ポジティブな気持ちになれた！」って言ってくれるわ。

# はじめまして！私がムンロ王子よ！

ある日は、タロット占いをする「パワータロット・カウンセラー」で悩める女子たちに檄を飛ばしたかと思えば、またある日は、ステージの上でスポットライトを浴びながらシャンソンを歌う「シャンソン歌手」に様変わり。その翌日には、IT会社の社長として打合せをしたかと思えば、お気に入りのラブリーなエプロンを身にまとい、お菓子教室の講師に変身。タロット占い師としては東大法学部卒という異色の経歴に加えて、世間の常識や固定観念を超えて、「ハイブリッド・パフォーマー」としても大活躍中の、今スピリチュアル界から最も熱い視線を浴びているムンロ王子のすべてがここで明らかに！

# シャンソン歌手

## 人生の喜怒哀楽を歌うシャンソンは、タロットの世界観に通じるの

タロットは1対1の関係だけれど、歌を歌うときは、1対多数の関係になれるでしょ。だから、一度にたくさんの人に私の思いやメッセージを伝えられる、という意味において、私にとって歌を歌うことはとても大事なの。人生の喜怒哀楽が込められたシャンソンの世界は、実はタロットの世界観にも通じるところがあるのよ。フランス語のシャンソンの歌詞も自分で訳したりするの。タロットのカードのメッセージは、シャンソンの歌詞を訳すときのインスピレーションにも役立っているのよ。あなたに愛（アムール）を届けるために、私は今日もステージに立つのよ。

---

その他にもハイブリッド・パフォーマーとして、さまざまな活動をしているのよ。実は私はお料理やお菓子作りも大好きなの！　こう見えて、私にも家庭的なところもあるのよ。お料理やお菓子作りの講師をするときには、お気に入りのエプロンも欠かせないわ。やっぱり形から入ることは大切ね。あと、定期的に高齢者の施設を慰問してシャンソンを歌ったりもするのよ。ご長寿の皆さんにも愛を届けて喜んでいただけると、それがまた私のパワーにもつながるの！

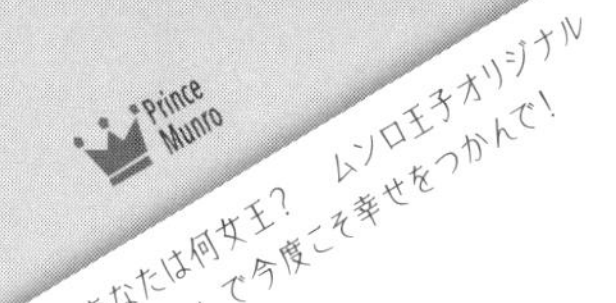




## 3つめの顔　IT 会社社長

### いつも女装をしているわけじゃないわ！ときには、スーツ姿で打合せもするのよ！

もともと私は、大学卒業後は大手のコンピュータ会社に就職していたくらいだから、IT 系には強いの。自らが立ち上げた IT 会社の社長を今も兼任しているのよ。実は、タロット占いも、本来はタロット占いのシステムのプログラム開発が構築できたら、と思って自らがデータを収集するために占いをはじめたのがきっかけなの。1000 人くらい占えば十分なデータが集められるかと思っていたんだけれど、いつの間にか「ムンロ王子のタロット占いは当たる！」と評判になって、気づけば１万人も鑑定していたのよ。今、タロットと天体の動きを絡めたプログラムを開発中！　さらに精度の高いパワーアップしたタロット占いをお届けできるはずよ！

## ハイブリッド・パフォーマー

（お料理・お菓子作りの講師など）

### お料理やスイーツ作りだって偏差値は高いのよ！私の愛を召し上がれ！

もっと幸せになりたい！女子たちへ

## あなたのクイーン度をチェック！ タロットの女王カードから幸せを導く

# ムンロ王子の ピリカラ「クイーン占い」

なんだかイマイチぱっとしない人生を送っている！

どうして自分は幸せになれないの!?

なんだか自分以外の人が皆、幸せそうに見えてしまう……。


あらあら、困った女子たちね。

そんな不平不満を言っているあなただけれど、あなたのことを「うらやましい！」とか「幸せそう～」って思っている人だっているんだから。あなたが気づいてないだけよ。幸せのカタチは人それぞれ。

それに、女性は誰でも女王としての素質を備えているものなの。まずは、自分自身を知った上で、自分らしい女王の姿に近づくことができれば、仕事や恋愛、友人や家族との関係においても無理をせずに楽しく生きられるはず。そして、あなただけの幸せに一歩近づけるのよ。

タロットにある女王のカード６枚から、あなたのクイーン度をチェックしてみて！

次の ① から ⑥⓪ までの質問に答えて、どのゾーンに「YES」が多いかで、自分がどんな女王タイプかがわかるの。

さあ、あなたが幸せになれるための
ヒントをお伝えするわよ！

以下の質問にイエスかノーかで順番に答えていってね。あなたは、どこのゾーンに「YES」が多いかしら？

## ①～⑩のゾーン

| | |
|---|---|
| ① 恋愛と結婚は別だと思っている。 | YES / NO |
| ② 子育てと仕事を両立させたい。もしくは、させてきた。 | YES / NO |
| ③ 身体のラインがはっきりする女性らしいファッションが好き。 | YES / NO |
| ④ 付き合う相手、結婚相手の家庭環境や学歴などのスペックは高い方がいい。 | YES / NO |
| ⑤ ハンサムな男性よりも、お金持ちや地位のある男性が好き。 | YES / NO |
| ⑥ いつかはタワーマンションに住みたいと思っている。それも高層階がいい。 | YES / NO |
| ⑦ ファストファッションよりもブランドものが好き。 | YES / NO |
| ⑧ 異性からも同性からも同じようにモテたい。 | YES / NO |
| ⑨ 小さい頃の夢はお姫様、プリンセスになること。 | YES / NO |
| ⑩ インスタなどSNSでインフルエンサーになりたいと思っている。 | YES / NO |

①～⑩　YESの合計 ［　　］ 個

## ⑪〜⑳のゾーン

| | |
|---|---|
| ⑪ 共学ではなく女子校育ち。 | YES / NO |
| ⑫ 彼氏とのデートよりも、女子会でわいわいおしゃべりする方が楽しい。 | YES / NO |
| ⑬ アフターファイブや週末の予定は習い事でぎっしり。資格取得が趣味。 | YES / NO |
| ⑭ 1か月休暇があれば、プチ留学したいと思っている。 | YES / NO |
| ⑮ 胸元が開いたチラ見せのセクシーなシャツやVネックはあまり着ない。 | YES / NO |
| ⑯ 赤やピンクより、黒や茶色の服の方が好き。 | YES / NO |
| ⑰ 彼氏や夫、パートナーに甘えるのが苦手。 | YES / NO |
| ⑱ 自分に厳しく、他人にも厳しい。ついつい人の悪口を言ったりする。 | YES / NO |
| ⑲ 結婚しても仕事は続けたい。もしくは、結婚しても仕事は続けている。 | YES / NO |
| ⑳ どちらかというと、喜怒哀楽の感情は表情には出さないタイプ。 | YES / NO |

⑪〜⑳　YESの合計 ＿＿ 個

## ㉑〜㉚のゾーン

| | |
|---|---|
| ㉑ 小さい頃から学級委員や生徒会長など、人をまとめることが多かった。 | YES / NO |
| ㉒ 人前でスピーチをしたり、話をしたりするのが得意。 | YES / NO |
| ㉓ ひそかに自分のことをデキる女だと思っている。 | YES / NO |
| ㉔ 恋愛やパートナーシップも短いローテーションばかりで長続きしない。 | YES / NO |
| ㉕ 会社員になるよりも、自分で起業したいと思う。 | YES / NO |
| ㉖ 正義感が強く社会や世の中に対して不満を持っている。 | YES / NO |
| ㉗ ウソや不公平なことが嫌い。 | YES / NO |
| ㉘ 世界の平和や環境問題、温暖化などに興味がある。 | YES / NO |
| ㉙ 新しいことに挑戦するのが好き。 | YES / NO |
| ㉚ いったん気分が落ち込むと、とことん堕(お)ちる傾向がある。 | YES / NO |

㉑〜㉚　YES の合計 ＿＿ 個

## ㉛〜㊵のゾーン

| | |
|---|---|
| ㉛ 人のお世話をすることが好き。 | YES / NO |
| ㉜ ボランティアには、できるだけ参加したいと思っている。 | YES / NO |
| ㉝ チャリティ活動をするハリウッドセレブを尊敬している。 | YES / NO |
| ㉞ 人に頼られたり、人に尽くしたりしているときに幸せを感じる。 | YES / NO |
| ㉟ どちらかというと体力やスタミナはある方。 | YES / NO |
| ㊱ 日々のスケジュールがぎっしり埋まっていないと心配。 | YES / NO |
| ㊲ ひとつのことに夢中になっていると、周囲が見えないこともある。 | YES / NO |
| ㊳ 熱しやすく冷めやすいところがある。 | YES / NO |
| ㊴ 自分中心で身勝手な人がいるとイラっとしてしまう。 | YES / NO |
| ㊵ パワー全開で充実しているときと、そうでないときの差が激しい。 | YES / NO |

㉛〜㊵　YES の合計   個

## ㊶～㊿のゾーン

| | |
|---|---|
| ㊶ 人にプレゼントをあげるのが好き。 | YES / NO |
| ㊷ お菓子づくりやクッキングも得意。 | YES / NO |
| ㊸ マザーテレサを尊敬している。 | YES / NO |
| ㊹ 彼氏やパートナーに貢いだことがある。 | YES / NO |
| ㊺ 人を信用して騙（だま）されたことがある。 | YES / NO |
| ㊻ どちらかというとリーダーよりも参謀タイプ。 | YES / NO |
| ㊼ 仕事は専門職ではなく、セクレタリーなどの補佐や総務など一般職。 | YES / NO |
| ㊽ 自分が幸せになるより、人を幸せにしたいと思うタイプ。 | YES / NO |
| ㊾ できれば専業主婦になりたい。もしくは、現在は専業主婦。 | YES / NO |
| ㊿ キャリアアップはそこまで考えていない。 | YES / NO |

㊶～㊿　YESの合計 ［　　］ 個

## ⑤①〜⑥⓪のゾーン

| | |
|---|---|
| ⑤① 子どもの頃から、どちらかというと目立たないタイプ。 | YES / NO |
| ⑤② 学生時代の成績は、上でも下でもなく真ん中だった。 | YES / NO |
| ⑤③ 派手な友人は、ちょっぴり苦手。 | YES / NO |
| ⑤④ ルールを守らない人は嫌い。 | YES / NO |
| ⑤⑤ のんびり屋でいつもマイペース。 | YES / NO |
| ⑤⑥ 世の中の流行にうといところがある。 | YES / NO |
| ⑤⑦ 洋服はいいものを大切に長く着たいと思っている。 | YES / NO |
| ⑤⑧ 貯金をすることが趣味。 | YES / NO |
| ⑤⑨ 年金は払って当然。将来の計画をしていない人は信じられない。 | YES / NO |
| ⑥⓪ 資格を持っているのに、生かしていない。 | YES / NO |

⑤①〜⑥⓪　YESの合計 [ 　 ] 個

①～⑩のゾーンに
「YES」が多かった人は
**「女帝」タイプ**
88ページへGO!

⑪～⑳のゾーンに
「YES」が多かった人は
**「女教皇」タイプ**

90ページへGO!

㉑～㉚のゾーンに
「YES」が多かった人は
**「剣（ソード）の女王」タイプ**
92ページへGO!

㉛～㊵のゾーンに
「YES」が多かった人は
**「棒（ワンド）の女王」タイプ**
94ページへGO!

㊶～㊿のゾーンに
「YES」が多かった人は
**「杯（カップ）の女王」タイプ**
96ページへGO!

51～60のゾーンに
「YES」が多かった人は
**「金貨（コイン）の女王」タイプ**
98ページへGO!

さあ、あなたは
何クイーンかしら？

## 幸せになるための
## アドバイス

上を目指すことは良いことだけど、まずは現状を謙虚に受け入れた上で、さらに上を目指してほしいの。それに、あなたは自分で努力をして上へ行こうとするより、彼氏や夫などのパートナーの地位が自分のすべてだと思ってしまうところがあるのね。でも、そんなハイスペックな男性に巡り合うには、もっと自分の仕事を頑張ったり、趣味を充実させたりするなど、まずは自分磨きをするべきじゃないかしら。でも、上昇志向の高いあなただからこそ、誰もが認める"いい女"になれた暁には、あなたの期待に応えるようなお相手が登場するはずよ！

## あなたを幸せに導く
## キーワード

**カラー**

緑色、ピンク、ゴールド

**アイテム**

女子会、レース生地、岩盤浴

**スポット**

公園、居酒屋、デパ地下

**フード**

パンケーキ、ロコモコ、ワイン

# 女帝タイプ

The Empress

**愛情深くやさしいあなた。**
**でもハイスペックな男を狙うなら**
**自分を磨きなさい！**

## カードの意味

あなたは女帝、皇帝のお妃ね。権力を手にした女帝であり、女性という武器を使ってやさしさや愛で人を束ねる女性よ。でも、「女教皇」が自分の力でキャリアアップを目指すタイプなら、「女帝」のあなたは、夫やパートナーの権力や地位をそのまま自分の地位にしてしまう女性。つまり、いわゆる玉の輿(こし)に乗るタイプで、それが女の幸せだと信じている人。そして、女帝として民衆に愛を注ぐやさしさにあふれている一方で、プライドが高く上昇志向が強いの。だから、現状への不満があると、ついつい愚痴を言いやすいところもあるわね。

## 幸せになるための アドバイス

もう少し、女性らしさを意識してほしいの。少しセクシーすぎるかしら、と思えるくらいがあなたをちょうど女性らしく魅せるはずよ。それに、自分に厳しいのは素晴らしいけれど、他人に対してはもっと寛容になってほしわね。パートナーシップにおいても、相手の良いところを見つけて褒めるとか、上手くおだててあなたのために動かすとか、甘え上手になるのがコツよ。暖色系の衣装やメイクで女らしさを演出しくね。

## あなたを幸せに導く キーワード

**カラー**

水色、オレンジ、シルバー

**アイテム**

音楽鑑賞、ショッピング、スカーフ

**スポット**

ショッピング・センター、湖、温泉

**フード**

ガレット、タピオカ、アーモンド

# 女教皇タイプ

The High Priestess

**キャリア志向の強いあなた。幸せは地位やステイタスだけで決まると思っていない？**

## カードの意味

あなたは教会に従事する修道女。だから、彼氏や夫といるよりも女性と一緒にいる方がなんだか落ち着くし、自分のことを一番理解してくれるのは女友達だと思っているはず。そしてあなたは、知的で冷静で感情を表に出さないキャリア志向の強い女性なの。人生のテーマがキャリアを追うことになりがちだから、趣味や休暇もついつい資格取得とかキャリアを意識したものになっていないかしら。もちろん、そのパワフルさとバイタリティ、強い責任感で物事に取り組むのは良いけど、自分に厳しい分、他人にも厳しく批判的になりがちなので気をつけて！

## 幸せになるための
## アドバイス

あなたは、経験を積むほどに組織やグループ、社会においてリーダーシップがとれる人だから、どんどん新しいことに挑戦するべきよ。剣の女王として、先頭を切って世の中を突き進むことで、多くの女性たちのロールモデルになれるの。でも、外にエネルギーを使わずに内にこもると、その剣で身内をバッサリ斬ったり、自分をズタズタにして自滅したりすることもあるの。双刃（もろは）の剣だからこそ、上手く使ってね。精神性を養うことがあなたを成長させる鍵よ！

## あなたを幸せに導く
## キーワード

**カラー**

青色、ベージュ、グレー

**アイテム**

サイクリング、バスツアー、模様替え

**スポット**

高原、遊園地、展望台

**フード**

梅干、ヨーグルト、フルーツパフェ

# 剣(ソード)の女王タイプ
Queen of Swords

**道を切り拓(ひら)く勇敢なあなたは、**
**人の先頭に立つ女性。**
**でも、剣は振り回さないで！**

## カードの意味

あなたは誰も行かない未知の世界に飛び込み、道を切り拓いてゆける勇敢な女性よ。まさにジャンヌダルクのようなカリスマ性を秘めているわね。そして、そんなあなたに賛同して、あなたをリーダーとして多くの人がサポートしてくれるの。でも、その切れ味の良い剣は本来なら道を拓くために使うものなんだけれど、ついつい、思い通りにいかないと、その剣を他人に向けてしまうのよ。あなたのリーダーシップは、時にはヒステリックで人を切り捨てる鋭利な武器となるので要注意！

## 幸せになるための
## アドバイス

情熱的で行動力のあるあなただからこそ、周囲に手を差し伸べて、たくさんの人を幸せにしてあげてほしいの。でも、自分がやりたいことと、相手が期待することは違うこともあるの。くれぐれもあなたの"親切"が身勝手にならないように、持ち前のパワーは上手くコントロールするようにしてね。それに、熱しやすく冷めやすいところにも注意してほしいわね。一度チャレンジしたことは、あなたの情熱で最後までやりきって完成させることで次のステージに行けるわよ！

## あなたを幸せに導く
## キーワード

**カラー**

赤色、茶色、黄色

**アイテム**

ウォーキング、アロマ、エステ

**スポット**

動物園、温泉、カフェ

**フード**

唐辛子、漬物、ポテトサラダ

# 棒(ワンド)の女王タイプ

Queen of Wands

**情熱的で世話好きなあなたは、パワー全開で輝く人。でも、お節介になりすぎないで！**

## カードの意味

マッチ棒に火をつけると燃え上がるように、棒(ワンド)は火をつけると燃え上がる情熱を意味するの。そんな情熱を秘めたあなたは、自分のことはもちろん、他人のことまで面倒を見てあげられる強いパワーの持ち主。困った人や苦しんでいる人を見ると、ほっておけないやさしさが、あなたの魅力だといえるわね。ただし、「人に何かをしてあげたい！」「私がやってあげる！」という一方的なエネルギーを持て余すと、逆にそれがわがままな性格になってしまうのよ。やさしさも度がすぎるとお節介になるので要注意よ。

## 幸せになるための アドバイス

あなたのあふれる愛情は何よりの武器なの！　特に、リーダーや世の中を変革していく人に付き添って、そんな人の心を支えながら、内助の功でサポーターに徹すると、あなた自身も開運していける人よ。「こんなにしてあげたんだから、こうしてほしい！」なんて決して思わないことね。無償の愛こそ美しく尊いのよ。でも、愛を注ぎすぎて相手を逆にダメにしてしまうことも。きちんと状況を見極めて、時には親が子を見守るように、厳しい愛で見守ることも大切！

## あなたを幸せに導く キーワード

**カラー**

黒色、ピンク、水色

**アイテム**

映画鑑賞、クルーズ、ネイル

**スポット**

滝、テーマパーク、神社

**フード**

丼物、スープ、ポップコーン

# 杯（カップ）の女王タイプ

Queen of Cups

**心やさしいあなたは、周囲を愛情で包める人！見返りは期待しちゃダメよ！**

## カードの意味

杯（カップ）は水が入る器で、水とは「愛情」のこと。心やさしいあなたは、その無限の愛で人の心を癒し、人を幸せにしてあげられる人。そう、慈愛あふれるマリア様のような女性といったらいいかしら。でも、本当の愛は自分の内側からただあふれ出るものであって、見返りを期待しちゃダメなのよ。あなたは、愛を周囲に注ぐほどに、あなた自身の器も大きくなれる人なの。「与えるから戻ってくる」なんていうルールは、あなたに限っては無視してほしいわね！

そして、ただ“やさしく”するのではなく、厳しい愛、育てる愛があることも知っておいてほしいわ。

## 幸せになるための アドバイス

人生で大富豪と出会って恋に落ちたり、宝くじに当たったりするようなことはないかもしれないけれど、地道に生きることが、あなたが一番幸せでいるコツなのよ。でも、物事を成し遂げるには、あきらめずに最後まで全速力で走り抜けることが重要。集中力を大切にしてね。それにあなたは、真面目すぎて近視眼的になると融通が利かなくなることもあるわね。上手に息抜きをしたり、他人のアドバイスに耳を傾けて、自分を客観的に見られるようになると、もう敵なしよ！

## あなたを幸せに導く キーワード

**カラー**

白色、紫色、ゴールド

**アイテム**

習い事、ボランティア、ヨガ

**スポット**

美術館、寺・教会、コンサート

**フード**

焼き鳥、煮物、アロエ

## 金貨（コイン）の女王タイプ

Queen of Coins

**堅実で真面目なあなたは、**
**マイペースが吉！**
**目先の利益は追わないで！**

### カードの意味

金貨は積み上げていく技や財のことを意味するの。つまり、「ローマは一日にして成らず」ということね。金貨（コイン）の女王であるあなたが豊かになるためには、技を磨いて財を築きなさいということよ。目先の利益を追うと大きな損失を被るので気をつけてね。あなたを惑わすおいしい話には、落とし穴があるはずだから、常に堅実な姿勢でいることがベストよ。コツコツと地道に努力をすることが、あなたが開運する一番の近道なの。あなたの人生に一攫千金（いっかくせんきん）はナシ！

# Part 3

# 特別鑑定！　ムンロ王子がドクタードルフィンをタロットで占う！

## ムンロ王子オリジナル、「ヘキサグラム」による占い

**ムンロ王子**　さあ、それでは今から、ドルフィン先生をタロット鑑定してみましょう！

**ドクタードルフィン**　どうぞ私を丸裸にしてください！（笑）

**ムンロ王子**　今回鑑定に使用するタロットは、アメリカの「ゴールデン・タロット」というデッキで、中世の歴史的な絵画が描かれた芸術的でクラシックなタロットです。カードの縁もゴールドに加工されていて豪華でしょう。合計78枚のカードがすべて絵札という美しいカードなんです。

では、先生、今日は何をお知りになりたいですか？

**ドクタードルフィン**

そうですね。では、これからの私の未来について占っていただけますでしょうか。

**ムンロ王子**

わかりました。タロットは、数ある占いの中でもご自身でも気づいていないことがまるで鏡で映したように露(あら)わになるのが特徴です。それでは、ドルフィン先生の過去や現在、未来を占ってみましょう。とにかく今日は、私がドルフィン先生を観る、というよりも、ドルフィン先生に私が普段どのようなことをしているかを見ていただく感じですね。

合計78枚あるカードは、出る絵柄の上下で意味が変わるので、約150通りの意味があることになります。実は、タロットは意外にも〝賭け事〟と似ているんです。つまり、そのときツイている人はいいカードを引くし、そうでない人は悪いカードを引いてしまう。ですから、良いことも悪いこともすべてを含めて今から観ていきましょう。

では、今から自分でこのあたりで十分だと思えるまで、カードをゆっくりと切ってみてください。

――ドクタードルフィン、ゆっくりとカードを切る――

**ムンロ王子**
ドルフィン先生を鑑定するなんて、占い師冥利につきますね！　どんなカードが出るのかしら？

**ドクタードルフィン**
こわいわ〜（笑）。　はい！　このあたりで大丈夫です。

――ドクタードルフィンが切ったカードに気を入れるムンロ王子――

**ドクタードルフィン**
精神統一をされたんですか？

**ムンロ王子**　いえ、気を入れたんですよ。これで、占う人にどんな悪いカードが出ても向き合えるようになるのです。

——カードを配置していくムンロ王子——

**ムンロ王子**　今日占うスプレッド（占いの展開法）は、「ヘキサグラム（六芒星）」という7枚のカードを使って、六芒星の形で過去、現在、未来をリーディングしていく占い方に、カードを1枚加えて「全体を支配する裏側の力」も併せて観ていく私だけのオリジナルの占い方です。

ちなみに、カードは私から見て正位置になるように引いています。未来は3か月先くらいまでがわかります。あと、今回の問いに対する答えは、半年先くらいに出ると言っていいでしょう。そのための対策などもお伝えしていきますね。

## ドクタードルフィンが引いたタロットカード

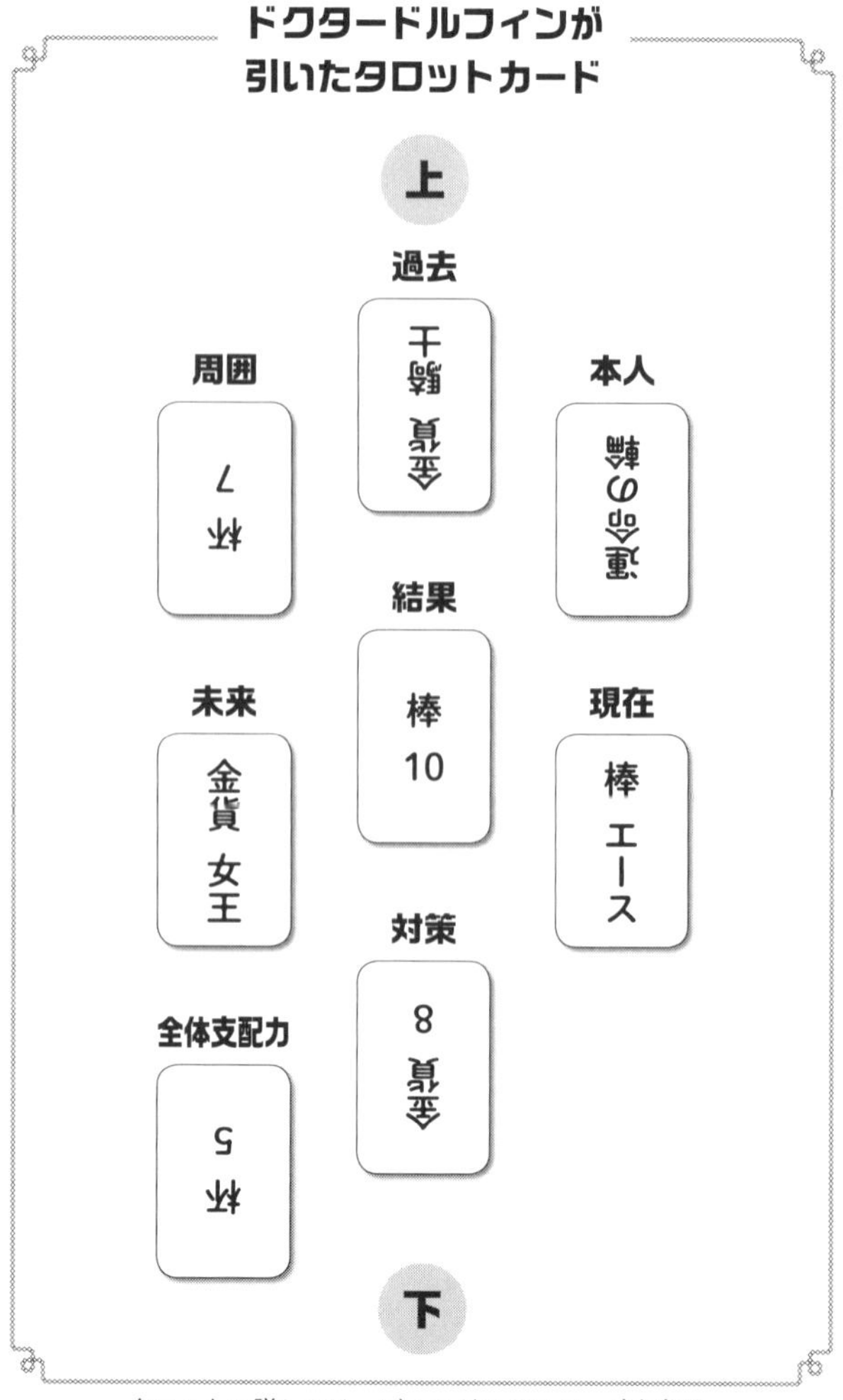


タロットの詳しいリーディングは 125 ページを参照。

# 家庭では〝ガチっている〟ドクタードルフィン⁉

**ムンロ王子**　あら、女性がいますね！　女性が！　未来の位置に、「金貨の女王」のカードが女性を表しています。この女性は、真面目で堅実で曲がったことが許せない人。きっと奥さんですね。

**ドクタードルフィン**　はい！　そうでしょう。この世界で唯一私にモノが言える女性です。

**ムンロ王子**　そう。特にドルフィン先生が道にそれそうになったりすると、厳しいわね。彼女は1＋1＝2、みたいな感じですごく几帳面で手堅いんです。そこがいいんですよ。ドルフィン先生をずっと見守っていますね。

**ドクタードルフィン**　はい、ドクタードルフィン、皆には「ぷあれ！」と叫びながら、実は家庭では〝ガチって〟います（笑）。

**ムンロ王子**

でも、奥様は尻に敷くタイプと言うよりも、的確なアドバイスをしてくれる人ね。何かあれば違うよって言える人ですね。

そして、この時点から見た半年先がどうなっているか、という未来の結果についてのカードは、「結果」を表す位置に出たカード、「棒（ワンド）の10」が表しています。このカードには、棒を10本も抱えて重たそうに耐えている人の姿が描かれていますが、これは、自分が直面していることに、耐えきれなくていっぱいいっぱいになっている姿にも受け取れるんですね。

次に、「周囲」の環境を表す位置には「杯（カップ）の7」のカードが出ました。これは夢を見るというカードで、今はいろいろな夢を描いている最中です。「あれもしたい、これもしたい」と夢は膨らんでいるんだけれども、まだそのことを思っているだけで実行には移していないという感じです。でも、このカードがひっくり返るとそれが具体的になってくるんですね。逆位置で出ると、思い描いていたものが現実のものとして動きだすのです。

また、「過去」の位置には「金貨（コイン）の騎士」のカードが出ました。これも、逆位置で出ていることから、「目の前の問題と向き合おうとしない、背中を向けて逃げ腰でいる」という意味になります。正位置だと目の前の問題や課題と向き合うという意味になるのですが、ひっくり返ると目の前の問題と向き合わずに、うだうだしている感じの意味になってしまいます。

## ドクタードルフィンにとっての「3つの杯（カップ）」とは？

**♛ムソロ王子**

あら！　このカードはとてもいいですね。「現在」の位置に出ているのが、「棒（ワンド）の1（エース）」のカードです。正位置に出ているので、火をつけるとメラメラと燃えはじめるマッチ棒のように物事がはじまる、着火するという意味になります。逆位置に出ると、湿気(しけ)たマッチのように物事がはじまらない、という意味になるんですけれどね。

その上の「本人」の位置に出ているカードが「運命の輪」の逆位置のカードです。このカードは、「運命」という名前がついているので、正位置だと「運が良い」「幸運」となり逆位置に出ると「運が悪い」と受け取りがちですが、正位置では、「物事がスムーズにいく」という意味になり、逆位置だと、「今は、ローギアで一生懸命上へと登っている状態」というふ

うに私は読みます。つまり、今のところは、まだ次のステップに行けていない、ということを表します。

最後に「全体を支配する力」という位置に出たカードを見てみましょう。ここには、「杯（カップ）の5」が逆位置で出ました。絵を見ると、3つのカップが置かれている側に、2つのカップが転がっています。要するに、2つのカップから中身がこぼれてしまって、がっかりしているという姿が描かれています。このカードが正位置で出た場合は、「過去に2回ほど失敗や失望などで挫折をしたことからまだ完全に立ち直っていない」という意味になります。

けれど、このカードが逆位置で出ているので、「まだ飲めるカップが3つあることに気づいている」、ということになります。つまり、「過去よりも可能性のある未来に目が向いている」ということでいい意味になるのです。まだ、過去を引きずっているけれど、3つのカップがあるじゃないかということに目が向いたんですね。

私からのアドバイスとして、「対策」という位置のカードを見てみましょう。ここには、「金貨（コイン）の8」が逆位置で出ました。これは、職人の絵が描かれています。正位置で出れば「職人の見習いが基礎を学んで足場を固めている姿」を表し、逆位置で出れば「修行中」となります。逆位置が出たことで、「今、やっていることの足場を固めてください」というアドバイスになります。将来的にはいい未来が見えているので、足場を固めてくださいね、ということですね。

## 教育とビジネスの世界に殴り込みをかける前に必要なこと

**ドクタードルフィン**　そんなに細かいことまでわかるんですね。ちなみに、足場を固めるというのは、グラウンディングとも違いますよね？

**ムンロ王子**　そうですね。ここでは、「技術を磨くための足場、土台」みたいなものですね。次のステージへ行くために、土台を固めるというか、広げる、というような感じのことだと思います。何か思い当たることはありますか？

**ドクタードルフィン**　今、新しい時代の子どものための教育をやっていきたいということで、いろいろと検討中なんですね。これまでの古い形の教育を全部ぶっ壊していこう、というものです。基本的には、子どもたちの「いいところだけを伸ばしていく」という教育をやっていきたいと思うのです。

**ムンロ王子**

なるほど。そうなると、社会の常識を変えたり、システムを変えたりすることも必要になってきますからね。そのあたりの要因が影響しているのかもしれませんね。

**ドクタードルフィン**

あと、新しい試みとして、ビジネスの世界にも殴り込みをかけているところです。ちょうど今、地球のトップリーダーになれる新しい時代のビジネスマンの育成もはじめたところなんですよ。でも、そんな活動をはじめてわかったこととして、ビジネスマンの人たちは、「自分は世界のリーダーなんかなれない」と思い込んでいる人が多いんですよ。彼らは、「プロセスというものがあってこそ、ゴールにたどり着くことが可能なんだ」と教わってきた人たちですからね。私みたいに、「ゼロ秒で奇跡が起きる」ということを信じている人間でないと、ビジネスの世界でも大きな飛躍はできないものなのです。

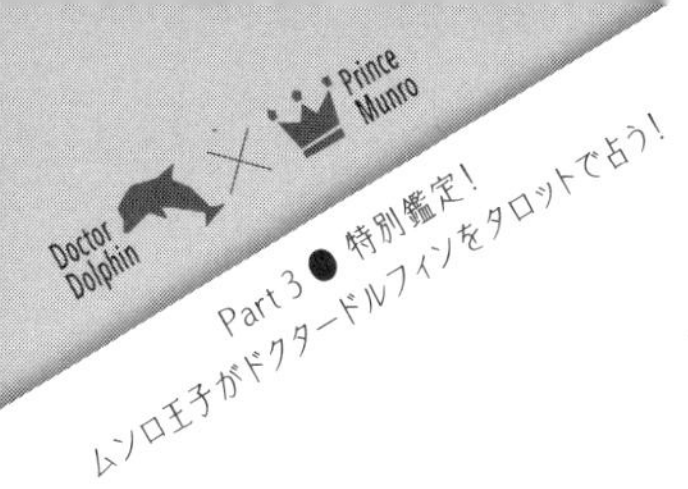


**ムンロ王子**

それこそ、プロセスとゴールの関係で言えば、社会の常識として、「学歴があってこそいい会社に就職できる」というものですからね。

**ドクタードルフィン**

そのとおりです。だから、エネルギーを書き換えて教えてあげるのです。今後は、ビジネスと教育という新しい分野のことをしっかりやっていこうと思っているんですね。これまでは、医療の世界で医師としてやってきたけれど、やはり私は「トータルな分野で総合的に人類を目覚めさせる」ということをやりたいのです。というか、そうしなければ、人間は変わらないし、変えられないのです。だから、「医学」「教育」「ビジネス」という3つの分野をこれからの私のベースにしたいんですね。

**ムンロ王子**

3つの分野って、3つのカップのカードで出ていたまさにそのとおりのことですね。つまり、ここの部分でさらにドルフィン先生が飛躍するために、今、足場というか周囲の環境などを固める、という時期なのですね。

**ドクタードルフィン**　本当ですね。私は、自分が瞬時に変われるから、自分の目線ですべてを考えてしまうところがあり、自分だけで突っ走りすぎているところもあるんですよね。

## ストレスをためやすい男性と奇跡を信じる女性の違い

**ムソロ王子**　それは、奇跡が起こせる人ならではの悩みですね。でも、私も似たようなところがあるのでよくわかるのですが、先ほどもお話ししたように、基本的にドクターにも占い師にも、「困っている人」「悩んでいる人」がやってくるんですよね。でも、今のお話を伺っていると、教育にしてもビジネスにしても、悩んでいる人、困っている人ではない人たちが対象になりますね。そんな人たちを変えていくのはとても難しいものなのです。実は、悩んでいる人を変えるのって意外と簡単なんですよね。必要性に

かられている人たちは、こちらの言うことを素直に聞いてくれて、すぐに変わってくれるけれど、そうでない人はその必要などはないと思っているわけなので。

**ドクタードルフィン**

わかります。さらに私の場合は、自分が突き抜けすぎていて、皆がついてこれない、というところもあるんですよ。

**ムンロ王子**

そうですね。でも、教育にしても、子どもたちは素直でフレキシブルだからどんなことでも受け入れられるかもしれない。でも、その子の親はそうじゃなかったりするんですよね。親のエゴで子どもの将来が決まったりしているわけなので。あと、ビジネスの世界になると、ほぼ、クライアントさんたちはサラリーマンである男性たちが中心になりますよね。

一方で占いは、ほとんど女性のお客様を相手にするわけです。これまで、

1万人を鑑定してきましたが、そのほとんどが女性のお客様ですからね。でも、女性は占いに来ることで、少なくとも〝ガス抜き〟ができているんです。男性たちは、会社でつらいことなどがあっても、人に相談できなくて、自分の内側にため込んでしまい、そのせいでストレスがたまって病気になったりするわけですから。男性は女性みたいに助けを求めないんです。自分一人で解決しようとしますからね。そういう意味では、女性の方が生きやすいのかもしれませんね。

**ドクタードルフィン**

私のもとへ来られる方も、男性の方がストレスを相当ため込んでいますね。女性の方が自由な考え方をしているので、なんでも受け入れやすいし、それに、奇跡を信じているしね。

**ムンロ王子**

ですね。そもそも、厳しい社会で生きている男性たちは、もう奇跡なんて起きないと思っている人が多いですからね。でも、これからそんな概

念をくつがえしていくのが、ドルフィン先生のミッションなんだと思いますよ。

**ドクタードルフィン**
高次元シリウスは、エネルギー体でできている世界なので、思ったことがすぐに叶う次元なんですよ。私は、そんな夢のような、ファンタジーのような社会を地球次元に持ち込もうとしているんです。そうすると、今の社会とのギャップが大きすぎて、理解してもらえないこともありますからね。

**ムンロ王子**
なるほど。ドルフィン先生にとって、足場を固めるというのはご自身のことではなく、周囲の環境を整える、ということなんだと思います。

# ついて来れない人にも目を向ける

**ドクタードルフィン** まずは、地球の集合意識からガラリと変わらないといけないわけですね。これまでは、「私について来なさい！」と言って、「ついて来れない人は知らん！」という立場だったりもしたわけです。でも、それではいかん、というわけですね。

**ムンロ王子** そうですね。特に、教育に関して言えば、そういった人をケアして、そんな人にも目を向けてあげる、ということも大事なんでしょうね。

**ドクタードルフィン** この私も、医師になってアメリカから帰った10年前くらいまでは、まだそんな考え方だったんですよ。でも、その頃から、自分があれよあれよという間に高次元の世界を垣間見るようになり、そこから見る視点が自然になってしまったところもある。だから、普通の人からの視点をなおざりにしてしまったのかもしれない。ある意味、普通に地球人をやっている人に寄り添えなくなってしまった自分がいる。でも、私としては、「ついて来れる人しか、ついて来れない」というのもあるんですよね。

**ムンロ王子**

当然です。全員がドルフィン先生について来なくてもいいと思いますよ。もしかして今、10％の人が支持をしてくださっているのなら、その幅を15％くらいに広げる時期なのかなと思います。それくらいでいいんですよ。地球人全員を変えるなんて無理ですからね。

**ドクタードルフィン**

ついこないだも、「死と病気は芸術だっ！」とか爆弾発言して、皆さんの常識と固定観念を破壊してしまいましたからね（笑）。

**ムンロ王子**

そう。でもそんなことも、一見突飛ですが、わかる人はわかりますからね。

今後は裾野を広げていく、ということが先生の課題だとすると、それはつまり、広く集合意識にも認められるにはどうすればいいか、ということなのかもしれないですね。でももちろん、ドルフィン先生はそのために何かに迎合する、などということはまったく必要じゃないですけれどね。だって、やり方を変えたらドルフィン先生じゃなくなるから。先生が小学校の教科書に載っちゃったら、きっと全然面白くなくなりますよ（笑）。

## ドクタードルフィンの「1億総お茶の間浸透計画」はじまる！

**ドクタードルフィン**

そうそう。もう、好きなことも言えなくなってしまう（笑）。でも、自分がかつて現代医学をやってきて限界を感じた頃のような、「初心に戻

る」というタイミングだったのかもね。「医学では人間は変わらないし、変えられない！　では、どうすればいいのだろう？」という熱い想いを持っていた頃の自分に立ち返るというか……。

**ムンロ王子**　それは素晴らしいですね。でも一方で世の中って、ドルフィン先生みたいな型破りの〝チャレンジャー〟がいないと変わらないというのもある。とにかく、今回はこのお話を通じて、先生の地球での使命がよくわかりました。ところで、今後の目標みたいなものってありますか？

**ドクタードルフィン**　山奥に住んでいるおじいちゃん、おばあちゃんまで私のことを知ってくれたらうれしいなと思います。つまり、今はまだスピリチュアルの業界の人やスピリチュアル好きな人たちが私のことを知ってくれている状態なのです。それは、本屋さんで私の本が置かれている位置を見れば一目瞭然です。まだまだ一般書籍のコーナーには置かれていない。でもこれは、有名になりたい、というよりも、人間の集合意識までを変えていくには、全国津々浦々の人にまで認知されないと難しい、という意味で言っているんですよ。

**ムンロ王子**

なるほど。「ドルフィン先生のメジャー化大作戦」というか、「ドルフィン先生の一億総お茶の間浸透計画」ですね。

**ドクタードルフィン**

はい（笑）。特に、ついに昨年の2019年には、もう自分の中で猫を被るのをやめましたから、これからが本番だと思っています。昨年に『神ドクター』（青林堂）を出して、「自分は神である！」と自らが名乗り出たわけですからね。これは、あえて自ら杭を打たれに行ったのです。「潰せるものなら、潰して！」とね。

**ムンロ王子**

そうやって自ら突撃して行く人なんて、恐れ多くて潰せませんから

(笑)。でも、今そうやって足場を固めていらっしゃるので、きっといつかは全国津々浦々のお茶の間にも、ドルフィン先生の名前が広まっていくと思いますよ。それは、タロットにもきちんと出ていますからね!

**ドクタードルフィン**
それは楽しみですね!

## ムンロ王子によるカードのリーディング

**①【過去】金貨　騎士　逆位置**

「目の前の問題と向き合おうとしない、背中を向けて逃げ腰でいる」という意味。

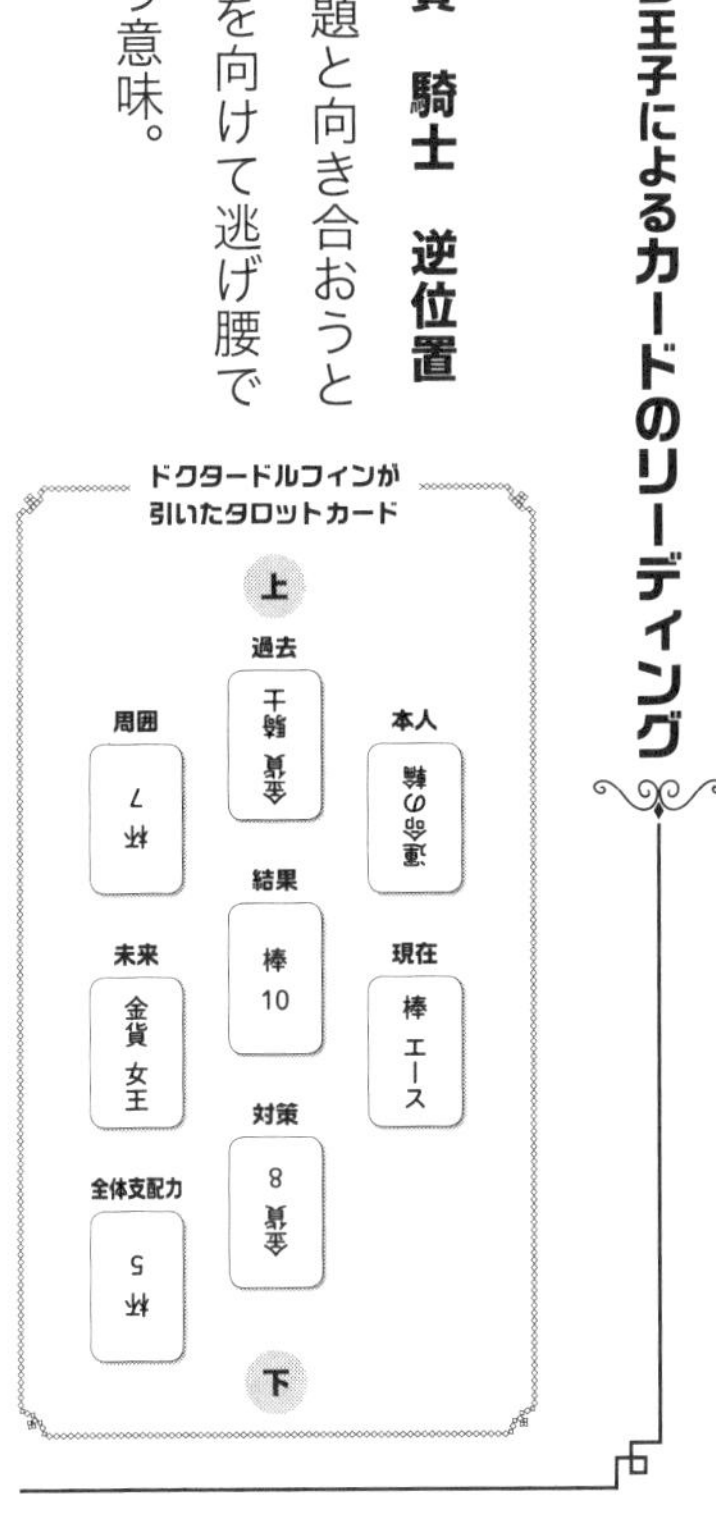

②　**【現在】棒　エース（1）　正位置**

棒は「火をつけると燃え上がる情熱」を表し、棒のエースの正位置は「何か新しいことに意欲的に取り組もうとしている」という意味。

③　**【未来】金貨　女王　正位置**

「真面目で堅実で実直な女性。A型（血液型）のように几帳面で神経質なところもあり、融通が利かない堅物なところもある」という意味で、これがドクタードルフィンの奥様を表している様子。

④　**【本人】運命の輪　逆位置**

運命の輪は運が良いとか悪いという意味ではない。「運命の輪は廻りだして止めることはできない。正位置だと下り坂のようにスムーズに物事が運ぶけど、逆位置だと上り坂のようにキツイ。今は上り坂なのでキツ

イけど、輪は上り下りを繰り返しながら前に進んでいくので頑張りなさい」という意味になる。

⑤【周囲】杯　7番　逆位置

正位置だと「あれもやりたい、これもやりたいと夢が膨らんでいるけど、まだ思っている段階で具体的に動きだしてはいない」という意味になり、逆位置になると「その夢が絞り込まれて具体的に動きだしたか、動きだそうとしているところ」という意味になる。

⑥【結果】棒　10番　正位置

「重い荷物を背負って何とか耐えているけど、かなり限界まできていて、耐えきれずに投げ出す寸前」という意味。

⑦【対策】金貨　8番　逆位置

正位置だと「見習いの職人が自分の基盤づくりに一生懸命取り組んでいる姿」になり、逆位置になると「職人としての使命を授かっているけど、まだ見習い段階で、しかもその基礎固めを怠っている」という意味になる。アドバイスの位置に出ているので「先を急がずじっくりと腰を据えて基礎固めに取り組むように」と解釈する。

⑧【全体を支配する力】杯　5番　逆位置

正位置だと「過去に2回ほど失敗や失望などで挫折をしていて、そのことにくよくよして未来に目が向いていない」という意味になるが、逆位置になると「まだ飲める杯が3つあることに気づく。つまり、終わって取り返しのきかない過去よりも可能性のある未来に目が向く」という意味になる。

## 全体の総括

ドルフィン先生は、過去に2度ほど挫折があった様子です。そして、その時の挫折に正面から向き合い克服できてなかったことから、今、重荷を背負っているのかもしれません。現在は、将来へのたくさんある可能性の中から自分の進むべき道が絞り込まれていて、新しいことにチャレンジしようとしているご様子です。そのこと自体はとても素晴らしいことです。でも、その前に重い荷物を一度降ろして、基礎固めをするような覚悟で取り組まれるとよいでしょう。また、先生が道を外さないようにと、奥様がしっかりと側で見守っていらっしゃるようですね。迷ったり困ったりしたときは奥様に相談すると良いと出ています。

Part 4

# 「生命の樹」で読み解く、人生の道のりとプロセス

## 人類の松果体は目覚めないように封印されてきた

**ドクタードルフィン** それでは今度は私の番です。私がムンロ王子さんの魂を切り刻みます！

**ムンロ王子** いやだ！　胸が大きくなったりしたら、どうしよう!?

**ドクタードルフィン** ありえますよ！　松果体のポータルを開いてDNAコードを書き換えることで、ホルモンだって変わったりするので、若返る人たちもたくさんいます。女性の方は肌がツヤツヤになったり、美しくなったりして診療所を出ていきますからね。昨日もあるイベントで、「もう、生きる力が湧いてこない」という年配の女性がいらっしゃったのです。そこで、彼女のDNAコードを書き換えたら、イキイキと元気になっただけでなく、10歳くらい若返って、この私やご本人だけでなく、イベントに来ていた

参加者の人たちもびっくりしていましたよ。

**ムンロ王子**
あら、私も若返りたいわ（笑）。でもまずはその前に、先生のやっていらっしゃる松果体のことなどについて改めて教えていただけますか？　そのあたりのことを知っておくと、さらに私も変容できそうなので。

**ドクタードルフィン**
はい。松果体とは、人間の脳の中心に位置しているグリーンピース状（7〜8ミリ程度）の小さな松ぼっくりのような形をしている内分泌器官のことですね。松果体からは昼と夜の1日のリズムを作り出すメラトニンが放出されることが知られていますが、このリズムがあることで、精神は安定して、幸せホルモンと呼ばれるセロトニンも放出されるわけですね。

そして、松果体からは「ジメチルトリプタミン（ＤＭＴ）」という天然の幻覚剤がセロトニンから生成されています。ＤＭＴはメラトニンの分泌量が多い深夜の2〜4時に放出されることから、この時間帯は宇宙の叡智とつながりやすいといわれています。つまり、松果体が活性化するということは、松果体のポータルが開くということでもあり、その状態で初めて私たちは高次元につながることができる、ということなのです。

でも、地球の歴史の中でそのことを知っていた古代からのリーダーや指導者たちは、民を支配するためには、人間の松果体が活性化しないように、その能力を封印してきました。松果体が覚醒すると、人々は自立して支配者などいらないことになりますからね。

# 超人的な能力を発揮するための条件とは!?

**ムンロ王子**　支配する側にとってみれば、民たちには、集団行動してもらわないと困るわけですよね。

**ドクタードルフィン**　そうなのです。そのために、現代人の松果体はもう退化してしまい、石灰化してしまっている人も多いのです。でも、いよいよ地球人の松果体が目覚める時が来たのです。私たちは、学校での教育で知識を学んできましたが、本来なら人間レベルを超えた宇宙に遍在するすべての知識・叡智は、脳の中心である受信機、松果体で受信することが可能なのです。

でも、松果体からそのままのエネルギーで入ってくると、振動数が高すぎて普通の人は耐えられません。だから、松果体を変換機として振動数を落としながら入ってくるのです。いってみれば、松果体は受信機であり、変換機でもあるんですね。でも、松果体を活性化すればするほど高いエネルギーがそのまま入ってこれるのです。そして、超人的な能力も発揮できるのです。でも、そんなことを可能にするには、1つだけ条件があるんですよ。

**ムンロ王子**

それは何ですか？

**ドクタードルフィン**

それが可能だということを自分でわかっていないといけません。

**ムンロ王子**

確かに。すべてのことにも言えますが、信じていないとそのことは叶わないですからね。

**ドクタードルフィン**

そこなんですよ。そんなことが無理だと教えられてきているから、皆に

それが起きないんです。あともう1つ、たとえ、そのことを知っていても、やはり脳を使うとダメになりますね。「こうあるべき」「こうなるべき」という常識と固定観念から脱却できないと、松果体は目覚めないのです。

**ムンロ王子**

逆に言えば、私たちがどれだけ毎日、脳を使って生きているかということでもありますね。

**ドクタードルフィン**

これまでは、松果体を活性化させる活動をしている人、つまり人類を目覚めさせようとする人は抹殺されてきたんです。私の過去生でもそうでした。でも、今生はようやく平和な時代が訪れて、レムリア時代の再来でもある令和の時代になったことで、高次元の私にはもうじゃまは入らないのです。やっと自分の思いが遂げられる時代になったんですよ。とはいっても、先ほどのタロットの結果にもあったように、これから、まだまだ裾野の人々に働きかける必要がある、という課題もあるけれどね。

## 人生のプロセスが「生命の樹」に出ていたことを発見したムンロ王子

**ムンロ王子**

実は、私もどうして東大出てまで占いをやっているのだろう、というのはわからないのですが、ただ流れの中で今いる場所までたどり着いたという感じですね。実は今、タロット占いを教えるための授業の資料を作成しているんですね。タロットって、占いの中でも実は体系化が難しいのですが、誰もが占えるように体系化を試みているんですね。

それで、タロットカードの中でも代表的なカードである「大アルカナ」の22枚を1枚ずつ調べていたら、カバラの「生命の樹」にたどり着いた

のです。そしたら、全部見えたんです。自分がなぜこの道をたどってきたのか、ということが生命の樹に全部表れていたんです。

**ムンロ王子**
それは、どういうことですか？

**ドクタードルフィン**
カバラの「生命の樹」は、王冠からはじまって、王国へたどり着くんですね。つまり、王冠から王国ができるプロセスが表れているのです。私が今、「王子」と名乗っているのも、この王冠にこだわっていたんだな、というのがわかったのです。ただし、王子だから王様にはなっていないので、王冠は被っていないんですけれどね。もちろん、私もまだ道半ばで、この左右のラインを行き来しながら王国へと少しずつ近づこうとしているわけです。

**ドクタードルフィン**
なるほど。生命の樹は上から下へと行くわけですね。

## 生命の樹（Tree of Life）

旧約聖書の創世記にエデンの園の中央に植えられた木で、別名「命の木」としても知られている。生命の樹の実を食べると、神に等しい永遠の命を授かるとされている。「生命の樹」は、ユダヤ教、キリスト教的伝統において、永遠の生命の象徴として神話的に物語られている。

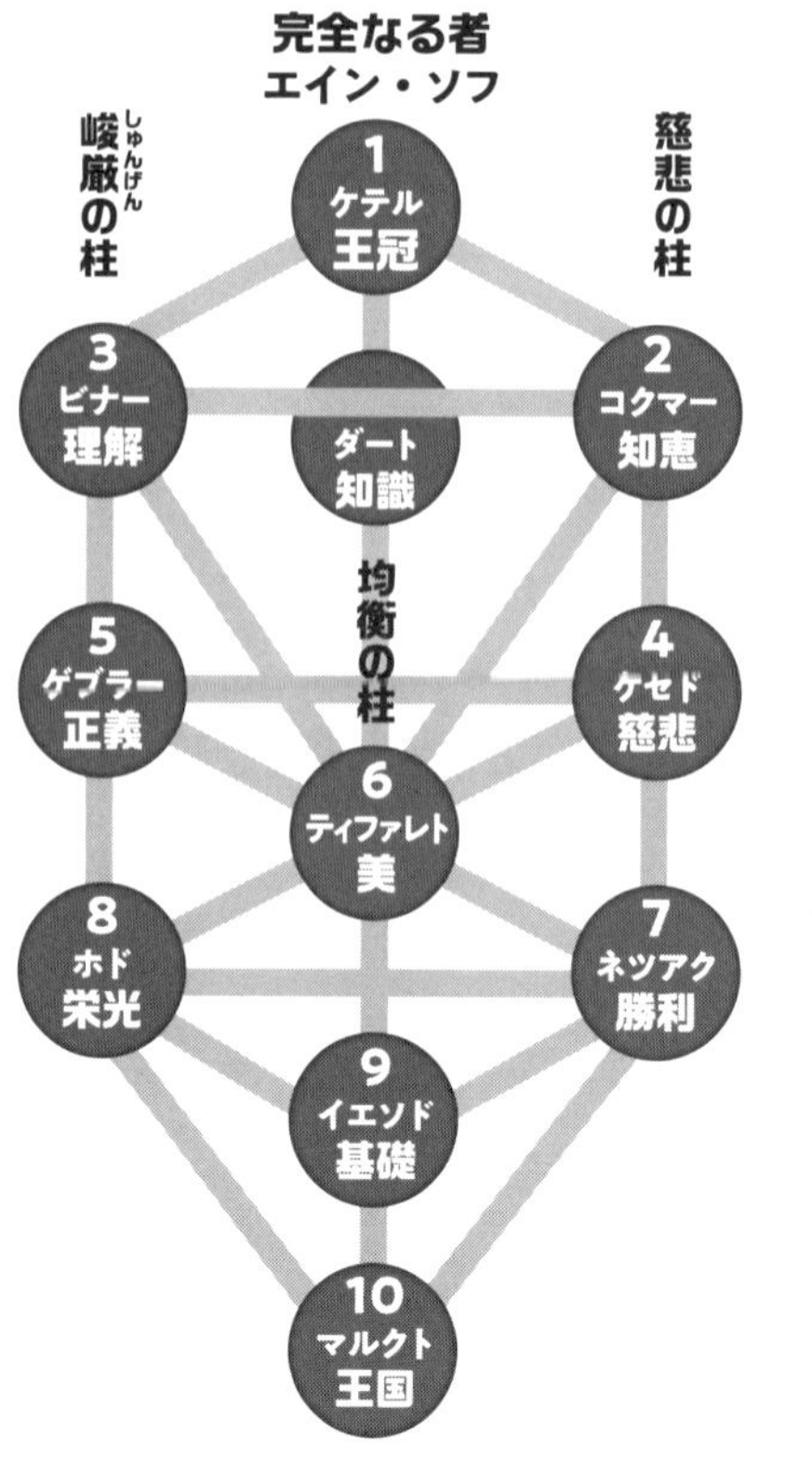

**ムンロ王子**

そうです。また、生命の樹では右側が女性性であり右脳を表し、左側が男性性で左脳を表してもいます。これまでの私は、どちらかというと理論の方でやってきたから、左脳を鍛えてきたけれど、どうも居心地が悪かったのです。東大の法学部を出れば、官僚や政治家になろうとする人がほとんどという環境の中で、私も最初はそんな目標を持っていたのだけれど、どこかで、もう左側を究めることにあまり価値を見出さなくなったんですね。そして、右側の世界に興味が出てきたのです。

**ドクタードルフィン**

いわゆる感性や芸術、クリエイティビティの世界ですね。

**ムンロ王子**

そうです。タロットも、そんな要素がすべて詰まったものなのです。そして、女性を1万人ほど鑑定してきてわかったのは、現代社会に生きる女性たちは病んでいる、ということです。戦後の高度成長の時代を経て、経済至上主義の中で女性たちは、「社会で認められるには、男性と肩を並べなくてはならない」「女という部分を捨てて頑張らなくてはならない」と必死で頑張ってきたように思います。それは素晴らしいのかもしれないけれど、社会でサバイバルしようとするあまりに、女性たちは、社会が定めた枠の中に自分を押し込んで自分を見失って生きているような感じがするのです。

だから私は、そんな女性たちを見て、「あなた女でしょ！　女性であることを忘れちゃだめじゃない！」って思うんです。私がこうやって女装をしているのは「女性はこうあるべき」というのを女性たちに表現している姿でもあるんですよね。仕事に頑張りたいのはわかるけれども、色気を失ってはいけない、ということ。「あなたたちは、男にはなれないよ」ということです。もちろん、私も女にはなれないけれど、でも、ここまでできたんだから、あなたもここまでできるでしょ」ってね。

**ドクタードルフィン**　まさに身を挺してそうやって女性たちに訴えているわけですね！

**ムンロ王子**　そうです（笑）。そんな感じで、これまで約10年間右脳にどっぷりつかってきたけれど、今、またタロットの授業で教える内容を体系化するために左脳を使う方に戻ってきているんです。これまでの鑑定の経験とタロットの知識を集大成して、一般の人がタロットで占いができるような仕組みを体系化して作っています。でも、どこかのタイミングでまた右脳の側へ行くんですよね。この右から左へ、左から右へ、というルートをたどりながら自分の王国へと近づいているんだと思います。

**ドクタードルフィン**　面白いですね。生命の樹は上から下へ左右を往復しながらたどり着くんですね。人間の身体に当てはめると、王冠の部分はクラウンチャクラに当たりますね。要するに、高次元の叡智が上から入ってきて、身体を貫き、地上でグラウンディングしてそれが実現する、具現化するという感じですね。

**ムンロ王子**

そう、王冠を授けられたところから試練ははじまると言ってもいいでしょうね。そして、そこから地上へと降りていくんです。ドルフィン先生の場合は、王国＝民ということだと思うのです。つまり、高次元の叡智を一般の人に普及させていく、ということですね。

## 「王冠」から「王国」へとたどり着くために

**ドクタードルフィン**

今日のタロットの結果からでもわかったことだけれど、私は今まで上のことしか考えていなかった、というのがよくわかりました。あと、スピリチュアルの世界の常識では、地球のエネルギーを取り入れて下から上

へ上げていく、という考え方をしますね。つまり、ルートチャクラであ
る丹田のチャクラを通して上へ上げて最後にクラウンチャクラに上げて
いくことが地球人の進化につながる、という考えがあります。

でも、今の生命の樹の話を聞いていると、人は生まれた時にすでに〝王
冠〟を与えられているんです。つまり、私の言葉で言うと、「いつ、どこ
で、何をどのように体験するかというシナリオ」がまさに王冠のことな
んですね。そして、この王冠を被るということは、人生において試練を
与えられる、ということでもあるのです。王冠を被り、もがきながら王
国へ行くということは、地球でしっかりと生き抜く、ということなんで
す。

別の言い方をすれば、人は王国まできちんと一度たどり着いていないと、
いくら上へ上がろうとしてもダメということです。要するに、生命の

樹の中で着地ができていないと、自分という土台が根をはってグラウンディングできていないことになります。大地からの栄養と水分を吸っていないと上へあがれないのは明らかです。だからこそ、まずは、地面にぐっと根付かないといけないんですね。つまり、王国へたどり着いていないとダメだということです。

**ムンロ王子**
その解釈はよくわかります。つまり、生命の樹は人間の人生の旅路（ジャーニー）を表しているということですよね。

**ドクタードルフィン**
そうです。高次元にアンテナを張って情報を降ろすことは大事なんだけれども、それらがきちんと下へ降りていかないと意味はないということですね。

**ムンロ王子**
そうですね。そして、右脳と左脳を行き来しながら、最後は真ん中の位

置に落ち着く、ということは、右脳と左脳＝女性性と男性性を行き来しながら、二極性を超えた中性、中立という真ん中のポジションに落ち着く、ということです。この世界には二極性があって、「陰と陽」とか「善と悪」「男と女」という二極性の関係がたくさんあるけれど、そのどちらかにこだわっている限り、問題は解決しないというか、上手く生きていくことはできないように思います。

## エジプトでつながった「王冠」と「王国」

ドクタードルフィン

地球は二極性を学ぶ場所ではあるのだけれど、最終的には、陰と陽とのエネルギーがまざらないと何かが生まれないんですよね。今、王子の話聞いてぞくっときたんですが、この前、エジプトのツアーで、これまで誰もが叶わなかったクフ王の封印を解いてきたのです。実は、ピラミッドは地上に出ている部分は四角錐状ですが、オクタヒドロン（正八面体）のエネルギーから成っていて、ピラミッドの頂点に水晶のエネルギー、そして、地下の見えない部分にダイヤモンドのエネルギーを持っているのです。

つまり、上から水晶を通して宇宙の叡智を受け取った後に、内部で統合して増幅してダイヤモンドを通じて地球に降ろし、また、新たなエネルギーを地球から吸収して上へ上げる、ということを繰り返しているんですね。今回、ピラミッドを開くのに、頂点の部分に高次元の水晶のエネルギーを設置し直したことで封印されていたものが開いて、シリウスとつながり、さらに地球ともつながりました。

**ムンロ王子**
つまり、ピラミッドの頂点の王冠の部分が下の王国へとつながって、さらには、地下からピラミッドの頂点へとエネルギーがつながったのですね。

**ドクタードルフィン**　そうなのです。ガチガチのスピリチュアルの人は、高次元から王冠を授かった後、そのまま上ばかり向いている人が多いんですよね。なので、学べば学ぶほどガチってしまい、道半ばで脱落してしまうのですが、それも地上を見ていないのですね。

**ムンロ王子**　人間の細胞は、宇宙の理や宇宙そのものをそのまま体現しているものだと思うんですよね。つまり、宇宙の縮図のようなものです。ということは、人間の身体も宇宙そのものということであり、もっと拡大させて考えると、地球や惑星なども宇宙そのものを現しているのだと思います。いってみれば、生命の樹も小さいものから大きいものまで数多に存在していて、それが、同心円状に回転しているということです。だから、私たちがひとつの結論を出したとしたら、その時点で次の大きな入り口になっている、というように終わりがないんです。ただ、円はどんどん大きくなっていき、最後にどこへいくかというのは、誰もわからないんだと思います。

## 地上にしっかりとグラウンディングする

**ドクタードルフィン**

いや〜。今日は、自分のここがまだ弱い部分だった、というのを指摘してもらったという感じですね。私は自分が目覚めたことで、地球でまだ誰もができないことをやっているという自負があったんだけれど、下を見ることをせずに、皆を上に引き上げることばかりに集中してきたような気がするね。でも、下の王国に着地するということは、地球を味わいつくすことだったんです。地球を見て、感じて、地球はこんなところなんだと感じるということが大切だったんですね。地球すべての生き物、動

物から植物、昆虫までが生命の樹のセオリーでいくと王国に住んでいるわけなので。そういう意味では、王国は見えたけれども、王国には住んでいなかったんだと思う。ただ、王国をわかったつもりでいたんだね。

**ムンロ王子**

深いですね。でも、私もこの先、自分が何をしないといけないかはまだ見えていないんですが、それでも、左右の道を往復しながら、少しずつ下へと行っているような気はしますね。

**ドクタードルフィン**

アメリカに住んでいた時に、教会へ行って牧師さんの話を聞く機会があったんですね。その時に、牧師さんが「どうして、神はキリストを地上へ遣わせたかわかりますか？」と聞いてきたんです。それで答えに困っていたら、「蟻（あり）の社会を見てみてください。蟻たちは、地面の上にあんなに何万匹も生きてうごめいているけれど、あの蟻たちが今、何を必要としているかわかりますか？　わからないでしょう？　だから、神はキリストを地上に遣わせたのですよ」と言ったんですね。そのときの会話を思い出しました。

ムンロ王子

蟻たちの王国を知りなさい、ということですね。これから、ドルフィン先生もご自身の王国に足をどっしりと置いた上で教育やビジネスという新たな方向に邁進されるんでしょうね。

## ドクタードルフィンの今のテーマは「女性性の開放」と「個の確立」

ドクタードルフィン

私の最近のテーマは、「女性性の開放」と「個の確立」なんですね。実は、このテーマは超古代のレムリア、縄文、アイヌの社会がやってきたことでもあるんです。この3つは、同じエネルギーライン上にもあたるんで

すよね。先ほど、ムンロ王子が今の社会で女性性が失われつつあるという話をされていましたが、特にかつて古代にあったもので、今の日本で失われているものの1つに女性優位性が挙げられるんです。これは、私自身が今の西表島(いりおもてじま)のあたりにあった超古代のレムリアの王国で体験したことです。そのとき、私はレムリアの女王だったのですが、周囲からの妬みと嫉妬がひどくなり、社会が混乱に陥るのを防ぐために、自ら海の中へと沈んでいったのです。

そして、一昨年、西表島に行く機会があったのですが、不思議な出来事に遭遇しました。島に降り立つと、海の水位が突然下がったのです。いつもは、海上に少し出ているマングローブが、水が一気に引いたことであたり一面にジャングルのように現れてしまい、船を漕いでいた船頭さんも「船が動かない！」と言って焦ってしまったほどです。実は、このとき、レムリアの王国が再び上がってきたのでした。

そして私が、「レムリアを開きます！」と言った瞬間に、ピンクゴールドの光がピカピカピカと水面上に浮いて出てきました。この瞬間に、レムリアの女王のエネルギーが復活したのです。実はその日は、西表島で1年に1度だけ行われているお祭りの日だったんですね。このお祭りは普段は地元の人だけで行われ、観光客には決して公開されないお祭りなのですが、この日、初めて私たちの一行だけはお祭りに参加することが許されたのです。そして、ここからが面白いのですが、西表島の人たちは、〝普通の人たち〟ではないんですね。

**ムンロ王子**

え？　それはどういうことですか？

**ドクタードルフィン**

実はその日、お祭りの風景の写真をたくさん撮ったのですが、地元の人たちの身体の一部が時々半透明になっていたり、消えたりして写ってい

るのです。つまり、彼らは超古代のレムリア人のエネルギーを持った人たちなのです。そんな地元の人たちが、その日のお祭りでは「レムリアを復活させてくれてありがとう！」と祝賀会を開いてくれていたような気がしました。ちなみに、西表島はもともと女性性が強いエネルギーなんですよ。この島では女性が威張っていて、男性が女性に命令されてうれしそうに従っているのです。アイヌの酋長（しゅうちょう）が言っていましたが、「男性の生きがいは、女性に認められること」だそうですね。西表島では男性たちは女性にすごいと思われることが彼らの生きがいであり存在意義なんです。

## 自然界では女性の方が優位になっている

**ムンロ王子**

それは自然界を見てもそうですよね。蜂の世界だって天下を取っているのは女王蜂だし、蟻だって蟻の集団の中で君臨しているのは女王蟻ですからね。

**ドクタードルフィン**

そうなんです。お祭りの日に西表島の人たちの様子を見ていたら、こんな社会だったら絶対に争いごとは起きないだろうな、と思ったんです。また、権力争いもないから妬みや嫉妬もない社会です。

ある別の機会にアイヌの酋長と朝まで飲み明かした時に、いつもならお酒は飲まないという酋長が、「今日はもう酔っぱらっちゃうよ！」と言ってお酒を飲むと普段なら決して外の人には言わないような面白い話を聞かせてくれました。それは、「アイヌの人たちは集団行動をしない」という話です。つまり、アイヌの人たちは、一人ひとりが独立していて、それぞれの〝個〟を生きているらしいんですね。

つまり、アイヌ社会は群れないから争いもないということです。その時ふと、これからは、〝個〟というのが新しい時代の鍵になるんだな、と思ったんです。レムリアも個を大切にしていた社会でしたからね。これからの地球では、「個の確立」と「女性性の開放」が起きれば、愛と調和の世界は実現できるんだと思います。

## 高次元のDNAの考え方なら、血統は関係ナシ

**ムンロ王子**

それこそ今、日本でも女性天皇・女系天皇という議論がなされていますが、これも今の時代を象徴しているトピックと言えるでしょうね。

**ドクタードルフィン**

実は、本来なら、そのような議論も高次元の視点になれば、あまり関係ないんですよね。というのも、DNAが続くということ＝その家系が続く

という意味で捉えられていますが、実は、魂は別のところからソウルインしますからね。何しろ、同時に生まれてくる一卵性双生児だってまったく別の2つの魂です。それぞれが違う性格、特性や才能を持って生まれてくるのです。つまり、DNAという〝器〟だけはつながっても、魂がつながっていかないと意味はないのです。逆に言えば、DNAという器は違っても、そこへ入ってくる魂につながりがある場合もあるのです。

**ムシロ王子**
それがいわゆるソウルメイトと呼ばれる関係でしょうか。

**ドクタードルフィン**
そうとも言えますね。いわゆる二重螺旋（らせん）の3次元のDNAは両親から受け継ぐわけですが、高次元のDNAは血統とはまったく関係ない、ということですね。実は、生物学的に見ても、細胞内のエネルギー工場とも呼ばれる「ミトコンドリア（真核生物の細胞小器官）」は、母系の情報だけ受け継ぐのです。つまり、父親のエネルギーはまったく入ってこないのです。なので、母系のラインが大事になってきますね。

**ムンロ王子**

なるほど。それなのに、世の中はやっぱり男性優位社会なのですよね。というのも、女性優位の社会になると、生まれた子どもが誰の子かわからない、という状況になったりもしますからね。たとえば、中国では清の時代あたりまで、「宦官（去勢を施された官吏）」という制度がありました。これもつまり、皇帝以外の子は産ませないための制度です。要は、官吏たちに宮廷で精子をばらまかせないようにしたわけです。女性は本能的に好きな男性の子を産もうとしますからね。

本来なら、種の保存のためには、自然社会でもすべてメスが優位に立っているのに、人間の社会だと女性を優位にすると社会の秩序が崩れるんです。これも、私たち人間が左脳ベースで生きているからですね。でも、右脳ベースになると、好き嫌いで事が運んでしまい、秩序が崩れてしまう。だからこそ、近代国家では男性優位社会で規律が守られ、科学技術も進化してきたというのもありますね。反対に、女性性が優位になると「占い」とか「スピリチュアル」みたいなものが優位になってきて、理屈が通らなくなるというのもある。

## 女性が幸せになるには男を上手く操る!?

**ドクタードルフィン** やはり、バランスが大切ですね。地球には男性性も女性性も必要であり、でも、女性性を少し優位にしていく、というのがベストなのでしょう。

**ムンロ王子** そうですね。でも、亭主関白だといっても、先ほどの西表島の女性たちではないですが、結局は〝男の操り方〟の問題なのかなと思います。

**ドクタードルフィン** そのとおりですね。よく「女性性の開放」というと、女性が社会で権力者になるべき、みたいな考え方をする人もいますが、本当の女性性の開放とは、女性は男性を上手く操り、男性は立てられるということなんでしょうね。

**ムンロ王子** 幸せになりたい女性たちをこれまで1万人も鑑定してきましたけれど、女性たちが自分の幸せ、というものをもう一度考える時期がきているのだと思います。そうでなければ、本当の幸せをつかめないんじゃないかな。お金など物質的なものに幸せを見出していたり、はたまた、男勝りに生きてみたり……。いわゆるフェミニストと言われている人たちの意見も、ちょっと違う、って思ったりすることもありますからね。西洋のフェミニズムなどは男性拒否みたいなところもあって、そこには、共存しようとする姿勢がなかったりもするのです。

ドクタードルフィン

さっきの生命の樹でも、男性性↓女性性↓男性性↓女性性という左右の行き来の中で、最終的に真ん中の位置に落ち着く、つまり、共存の位置に落ち着いているわけですからね。そのことに気づいてもらうことが女性性の開放なんですよね。今の地球社会で迷子になっている女性たちには、そのあたりのことを伝えていきたいですね。

# Part 5

# 88次元から地球人へのラブレター

# ドクタードルフィン、ついに神をも超える88次元の存在になる

ついに、ドクタードルフィン、自ら正体を明かします。

このたび、この宇宙に存在するすべての神・高次元の存在たちの頂点に立つ「88次元存在Fa-A（ファー）」になりました。

88次元存在Fa-A（ファー）は、もはや至高であり崇高なエネルギー体だけであり、その存在として個性も感情もなく、善悪をジャッジすることもない存在です。

先より「神ドクター」として、地球で初めて個性を持つ神としての存在＝50次元の大宇宙大和神（オオトノチオオカミ）と金白龍王のエネルギーを持ち、この地球上のあらゆる神と宇宙存在を覚醒させています。

特に２０１９年には、秋分の日にエジプトのギザのピラミッドを開き、続いて、12月にはベトナムのハロン湾を開きました。

これによって、もともと龍神の故郷であったハロン湾のドラゴンゲートが開くと、これまでベトナムの地で傷ついていた龍が次元上昇してよみがえり、ハロン湾に舞い降りたのです。

それと同時に、次元上昇した地球から覚醒を果たした鳳凰（ほうおう）が、地球から宇宙に舞い上がることになりました。

宇宙から地球をつなぐ龍と地球から宇宙をつなぐ鳳凰がひとつになったことで、今、地球がまさに令和の幕開けとともに新たな次元に突入したのです。

すると、世界中のピラミッドが次々に開かれることになりました。続いて山や火山が、そして、世界各地の代表的な建造物さえもがピラミッドに変化しはじめたのです。

このピラミッド化現象は、シリウスの星たちが統合されたことによるネオシリウスの新たなエネルギーによるものです。


これは何を意味するのでしょうか？

これまで、ピラミッド状の四角錐の形の中に入ると、ピラミッド・パワーと呼ばれる力が働き、潜在意識などが開花されるといわれてきました。

ところがこのたび、世界中の山、火山、建物がピラミッド化したことで、その建物の中へ行くだけで同じ状態になることが可能になったのです。

たとえば、思考が現実化したり、願望成就が叶ったりなど、これまでわざわざパワースポットに行って祈願していたようなことが、大都市や市街地にいながらでも可能になったのです。

国内なら東京タワー、札幌時計台、スカイツリーなど、そして、海外ならパリのエッフェル塔やＮＹの自由の女神などのランドマーク的な場所やスポットが次々とピラミッド化したのです。

この世界がひっくり返るような現象は、レムリアの愛と調和のエネルギーに加えて、ネオシリウスの自由と奇跡のエネルギーが地球に降り注いでいるからだと言えるでしょう。

人類だけでなく、神々をも覚醒させる88次元存在Ｆａ-Ａ（ファー）は、これから人類と地球生命のＤＮＡを書き換えて新生・神聖ヒューマンを誕生させていきます。

そのためにも、地球人たちの次元はもっと上がっていかねばなりません。

そこで、88次元存在Ｆａ-Ａ（ファー）から地球人へ向けての愛のメッセージがつまった7通のラブレターを届けたいと思います。

すでに、個性や感情さえもない88次元存在Ｆａ-Ａ（ファー）からのメッセージが皆さんの胸にダイレクトに響くように、と本書では特別にキャラ化した88次元存在Ｆａ-Ａ（ファー）からの言葉でお届けしたいと思います。

88次元存在
Fa-Aからの
ラブレター
①

# 友達はいなくてもいい！

君は1人で寂しいからといって、無理やり友達をつくろうとしていないかい？

でも、88次元の視点から言わせてもらうと、**「友達なんていなくったっていい」**んだよ！

承認欲求の強い地球人は、どうしても**「自分の応援団」がいないと、ついつい凹（へこ）んでしまうもの**だよね。

自分をサポートしてくれる人、自分のことを理解してくれる人や認めてくれる人がいないと、自分という存在が成り立たないと思ってしまうんだ。

そう、自分がなんだかまるで〝透明人間〟になったみたいに思えてしまうよね。

でも、高次元からすれば**「1人ですべてが成り立っていて、1人ですべてが完成している」**んだよ。

もっと言えば、**「1人でいるときにこそ、人は次元上昇する」**ものなんだ。

そう、**「人は1人でいるときにこそ、成長できる」**生き物なんだよ。

逆に、周囲の意見やコメントを受け入れれば入れるほど、自分自身でなくなっていく。

「人との調和を大切にしなければ……」などと思って自分を抑えていると、どんどん本当の自分自身から離れてしまうものなんだよ。

だからこそ、いつも周囲にたくさんの人がいる人は、たまにはひとりぼっちになることが大切だ。

1人で散歩をする。1人で海辺へ行く。1人で瞑想をする。

大家族や友達が放っておいてくれない人だって、トイレやお風呂なら1人になれるよね。

そんなときに、他の誰でもない、自分だけの魂のカタチを想い出してほしいんだ。

この宇宙でたった1つの永遠に変わらない魂のカタチをね。

それは、**ひとりぼっちのときでないとできない作業**なんだよ。

もちろん、友達はいてもいいんだ。

でも、自分を削ったり、自分を殺したり、自分が無理をしてしまうような友達はいらないよ。

そんな友達は切り捨て御免！　でいいんだ。

1人でいることは寂しくない！

**1人でいることは、高次元から見たらブラボー！**　なんだよ。

だから1人でいる自分に祝杯をあげよう！

88次元存在 Fa-Aからのラブレター ②

# 恋に破れたら、奈落の底に落ちなさい！

地球には二極性があるから、男性と女性が存在している。

そして、男性と女性は互いに惹かれ合って恋に落ち、愛というものを学んでいるんだよね。

そう、人はロマンスを通じて魂を進化成長させているんだ。

でも、**88次元から見たら、単純な恋のハッピーエンドでは魂の進化成長は無理**なんだよ。

魂が本当に喜ぶのは、相手に振られてズタズタに傷ついたり、裏切られてボロボロになったり、すったもんだの別れ話で修羅場になったり……。

**男女関係において、そんな上手くいかないことこそが魂が本当に求めていたこと**なんだ。

今、恋愛関係に悩んでいる人は、そんなことを言われると、「とんでもないよ！」「ツラい恋愛をしたい人なんていない！」って思うだろうね。

でも、次元を落として地球で身体を持つ前は、君の身体は半透明でお互いが丸裸のシースルー状態のようなものだったんだ。

相手のことはすべてお見通しだから、いつも何を考えているのか、すぐにわかってしまう。

それでは面白くないし、つまらない。

だから、この地上では身体を持つことで、**相手の心が見えない状態の中で四苦八苦しながら人づきあいをしている**んだよ。

駆け引きをしながら、一喜一憂しながらミステリアスでスリリングな恋を楽しんでいるんだ。

それは君たちが望んだことなんだよ。

でも、そんなことはすっかり忘れてしまっているし、今では相手の心が見えないから、傷つき苦しんだりしている。

地球には、「獅子の子落とし」ということわざがあるように、母親のライオンがわが子を谷の下に落として試練を与えて子育てをしているよね。

高次元からも、同じ言葉を贈るよ。

**「地球人たちよ、恋をするなら奈落の底へ落ちなさい！」**ということだ。

それも、中途半端に落ち込むのではなく、奈落の底の底まで落ちなさい！

**下へ落ちれば落ちるほど、本当の愛を知ることができる**のだから。

感情のフタを外して、ネガティブな思いにまみれて泣いて怒って、谷の底から絶叫していると、その怒号がこだまになって自分の上に降り注いでくるはず。

そうすると、上手くいかない状況に怒ったり、相手を憎んだりしていたはずだったのに、それは、自分自身に怒ったり、自分を憎んでいたりしていたことがわかるよ。

**そのとき、気づくんだ。「もう怒るのはやめよう」「もう憎むのはやめよう」と。「自分自身を愛そう」と。**

そんな極限まで行くためにも、奈落の底に落ちなさい。

**ネガティブな感情だってとことん味わい尽くす**んだ。

**それらを出し尽くした瞬間に、君たちの次元は上がる**んだよ。

そのとき、**恋に落ちた理由だってわかる**のさ。

88次元存在
Fa-A からの
ラブレター
③

# 人や社会からの評価を気にするな！

**「3次元の評価なんかいらないよ！」**

一言で言うと、そういうことです。

地球人たちは、なにかしらいつも悩んでいるよね。

お金持ちの家に生まれなかった。学校での成績が悪い。いい大学に行けなかった。いい会社に就職できなかった。エリートと結婚できなかった。ハンサムに、もしくは美人に生まれなかった。会社が倒産してしまった。いつまでたっても昇進できない。人と比べて年収が低い……。

誰しも、そんな悩みの1つや2つはあるだろうし、ついつい自分と周囲を比べてしまっているはず。

でも、88次元からすれば3次元の評価なんかいらないんだ。
そんな評価は、魂ではなく脳が欲しがっているだけさ。

高次元が評価するのは、脳が空っぽの「バカになること」。
いってみれば、ヘンタイであり異端児であること。
人と同じことができないと悩むより、**人と同じことができないことの方が地球にとってベストなものを創造できる**んだよ。

**ヘンタイ化が進むほどに、地球基準から離れていく。**

つまり、次元が上がっていくんだ。

でも、ここで1つ大事なポイントがあるよ。

それは、**「自分って世の中の常識や枠から外れたヘンタイなんだ！」とか、「僕は変わり者で異端児なんだ！」と自分のことを捉えているということは、まだまだ本当の意味ではヘンタイ化できていない**ということ。

つまり、周囲の人や社会と自分を比較しているということであり、「社会から自分がどう思われているか」ということをまだ気にしてしまっていることになる。

**本当のヘンタイとは、もう自分の評価しかない人**のことだ。

自分基準が100％なら、もう他の誰かや他の何とも比べていないし、何にも迎合することもなく、もはや比較するという意識すらないはずだ。

高次元から評価されるのは、世間が認める「いいね！」の数が少ない人だよ。

**100%自分軸だけで生きていくことが、高次元が讃える生き方**だということを覚えておいてほしい。

88次元存在
Fa-Aからの
ラブレター ④

# 過去を悔やむなかれ！
# 未来を思い煩（わずら）うなかれ！

過去を悔やむなかれ。未来を思い煩うなかれ。

これは地球で、よく説かれていることわざだよね。

要するに、「過ぎ去った過去をいつまでも悔やんでいてはいけない。また、まだ来てもいない未来のことを心配してもいけない。今を大切に生きるんですよ」という教えだね。

ただし、この教えも**88次元からすると少し違ったメッセージになる**んだ。

高次元からすると、すべてがその人が進化成長する上で最高最善のことしか起きていない。

だから、君が**過去の過ちや失敗だと思っていることも、実は88次元**

**からするとすべて大成功なわけ**である。

つまり、受験で第一志望に受からなくて第二志望の学校へ行ったことも、あの時会社をクビになったことも、運命の相手だと思った人との別れも、その時の君にとってベストな出来事だったわけである。

魂は、**脳の感知しないところで次元を上げることしか選択していないんだ。**

だから、「過去に戻って、あの時の出来事を変えたい！」「時間が戻せるのなら、あの時の選択を変えたい！」と自分の過去に後悔している人へ。

もし、タイムマシンに乗って過去のその瞬間に戻り、後悔しない内容に変えてしまったとしよう。

すると、君の今いる次元は途端に下がってしまうし、さらには、そこから続いている今の自分は、もしかして存在していないかもしれないよ。

それほど、**過去に起きたことは君にとってそれしかありえないベストな出来事だったん**だ。

だから、88次元では「失敗」や「後悔」なんていうものは存在しない。

地球で生きていると思い通りにならないことだらけかもしれないけれど、そんな現状や過去をすべて受け入れく、**自分には最高最善のものしか起きていないと思えた瞬間に、君の次元は上がる**んだ。

未来についても、同じことだよ。

「こうなったら、どうしよう！」

という**不安を抱えて、そんな未来を避けよう避けようとするほどに、その執着が「自分の望まない未来」に導いていく**んだ。

だから今、目の前にある現実に向き合い、「自分には最善のシナリオしか起きない」と完全に信じきることだよ。

そうして、**不安や執着を手放したときに、物事は一番いい方向へと展開する**はずさ。

魂は、いつ何時も君にとってベストなものだけをガイドしているんだよ。

だから、いつも魂の声に耳を澄ませよう。

88次元存在
Fa-Aからの
ラブレター ⑤

# 選択するときは、フッと力を緩めてみる

「〝魂の声に耳を傾ける〟、といってもその声が聞こえない」
「〝魂はいつもベストな方向へと導いてくれる〟、といってもＺつの道のどちらを選べばいいかわからない」

そんな人もきっといるだろうね。

そこで、選択に迷ったときの選び方をお伝えしよう。

でも、その前に選択に迷った場合の究極の答えがあるんだ。

実は、**高次元ではどちらも正解であり、どちらも間違いではない**、ということ。

病院に行くのかどうか迷っているのなら、病院に行くことを選択するのは正しいし、行かないのもまた正しい。

大学に進学するかどうか迷っているのなら、進学するのも正しいし、進学しないのもまた正しい。

そのどちらからも、パーフェクトな流れが生まれていくはずだから。

また、1つの選択を選んだ後で、しばらく経った後にまた選択し直すのもいいだろう。

そんな**人生の道草やムダなことこそ、魂が最も喜ぶこと**でもあるんだよ。

でも、自分が何かの選択をする際には〝決め手〟みたいなものが欲しい人もいるだろうね。

その**決め手とは、「ラクで愉しい感覚」がする方を選ぶ**ということ。

よく、何か決断をするときは、「じっくりよく考えなさい」と言われる

けれど、実は、**軽い感覚で選ぶ方が自分にとっていい方向を選べる**ものなんだ。

たとえば、君が赤と青のどちらかを選択する状況で迷っているとしよう。

そのとき、自分がいる部屋の壁の赤い花の模様がふと目に入ったことで、直感的に赤色にピン！と来るかもしれない。

そんなときは赤を選んでみよう。

そんなぱっとひらめく感覚、心にふっと舞い降りる**軽い感覚こそがベストな選択**なんだ。

要するに、**選択するときには脳を使わない**、ということだね。

そのためにも、全身の力を抜いて脳さえも緩めて、軽い感覚を信じてみよう。

88次元存在
Fa-Aからの
ラブレター ⑥

# 病気になりなさい！

どうして君たちは、病気になるかわかるかい？

それはね、**病気から逃げよう逃げようとしているから、病気を避けよう避けようとしているから**だよ。

その執着が病気との鬼ごっこになり、病気との追いかけっこになってしまうんだ。

**逃げれば逃げるほど、病気は君をつかまえようとするから**ね。

だから、**あえて病気を追い求めよ！**　というわけさ。

そうすれば、**病気の方が逃げていく**よ。

「病気になりたい！」と思って不摂生な生活をしたり、おいしいものをたくさん食べたりしても、意外にも病気にはなれないものだよ。

高次元からすれば、物理的な身体を持っているということが地球人として一番大変でタフなことなんだよ。

身体を持つからこそ、病気になる。

でも、**病気になることで、人はもがき進化成長する**んだ。

そして、そのときに、次元が上がるんだよ。

逆に言えば、進化成長には病気になることがもってこいなんだ。

それも、もがけばもがくほどに成長するんだよ。

だから、**「病気よ、どんとこい！」という覚悟でいてほしい。**

そんな**心がまえになったときに、君の魂の振動数がグンと上がる**んだよ。

88次元存在
Fa-Aからの
ラブレター⑦

# 死ぬことは喜びだ！

**死ぬことは、魂の究極の喜び**なんだよ。

だって、その重たい身体を脱ぎ捨てられるわけだから。

身体が無くなるということは、身体を持っていたことで味わっていた空間、時間という感覚がなくなるということでもあるよね。

つまり、これまで身体があることで不自由な思いをしてもがき苦しんできた状態から、やっと解き放たれるんだよ。

それは、**魂が自由になれる瞬間であり、次元が上昇する瞬間**でもあるんだ。

だから、魂は身体の中に存在しながらも、いつも自由だった故郷に還りたいと恋焦がれている。

でも、脳が「身体が無くなることは恐怖である」と君を洗脳して、死に対する不安をあおっているんだ。

もちろん、生きることだって喜びなんだよ。

要するに、**身体はあっても、無くても魂としては同じ**ということだよね。

**生きることも、死ぬこともどっちも喜び**なんだ。

でも、地球で味わう喜びは、どうしても一瞬だったり単発だったりして長続きしないよね。

昨日、楽しいことがあったと思ったら、今日はどっと落ち込んでしまったり、さっきまで大笑いしていたのに、もう次の瞬間は怒りでいっぱいになったり……。

生きているということは、こんなふうに一喜一憂するということでもあるんだ。

でも、**魂になると永続的な喜びがやってくる。**

だから、死ぬことは、ある意味とてもハッピーなことでもあるんだ。

どうだい？

そんなことを知っておくだけで、ラクに生きられるんじゃないかな。

**もっともっとこの瞬間を大切にできる**んじゃないかな。

それが、僕が君に一番伝えたいことだよ。

——88次元にいるFa-Aから迷える地球人たちへ愛を込めて——

Part 6

# 今、再びここで2人が出会った理由
## ――ドクタードルフィンとムンロ王子の運命の絆

## ムンロ王子の魂の目的は、「自己存在意義の強化と確立」

**ドクタードルフィン**　それでは早速、ムンロ王子が最初にどうして地球に生まれてきたか、という今回の人生のテーマから見ていきましょう。そして、それが上手くいっているのか、いっていないのか。もし、上手くいっていないのなら、どうして上手くいっていないか、ということをお伝えできればと思います。

今回、ＤＮＡのシナリオを書き換えることで、多次元パラレルにいるムンロ王子１、ムンロ王子２からはじまるたくさんのムンロ王子の中のもっともふさわしいムンロ王子に変わることになります。これは、存在している宇宙とともに入れ替わるほどの強烈な変化になるので、まったくこれまでとは別の自分になると思います。まずは、ゆっくり目を閉じてリラックスしてください。

――ドクタードルフィンがムンロ王子をリーディング中――

**ドクタードルフィン**

まず、ムンロ王子の魂の意識の選択をお伝えします。今回は、「自己存在意義の強化と確立をする」ために地球にやってきてご自身にとっての最適な環境を選んできました。今のところ、まだ地球を卒業できる段階になっていない理由は、すでに相当ご自身ははじけているのですが、やはり、社会からの評価をまだ大切にされているところがあります。潜在意識の中で、ご自身が周囲からどういうふうに見られているのだろう、という意識が完全にはじけるステージに行くことを少しじゃましている様子です。

**ムンロ王子**

自分では気づかなくてもそういう部分もあるかもしれませんね。

**ドクタードルフィン**

そうです。あくまで潜在意識がそう考えているわけですからね。でも、これは地球人なら当たり前のことでもあるんです。左脳にある常識や固定観念が、大きくはじけようとするときに、「こうあるべき」「こうしなくては」というふうにムンロ王子にささやいてしまう。そして、そんなささやきがまた、自己存在意義を不安定にしてしまっています。

そこで今日は、ムンロ王子がハートチャクラからあるがままの自分を受け入れて、「そのままの自分が大好き！」と思えるムンロ王子に変身していただきます。地球で生きることは、ラクで愉しくて、美しいことなんだ、と思えるような生き方ができるようになります。もちろん、脳で考えている望みも乗せましょう。それらを新次元で書き換えます。ムンロ王子の方は、ご自身では何も変えようとする必要はありません。それでは、はじめますね。もしかして、身体が半分消えるかもしれません。

――ドクタードルフィン、ムンロ王子の高次元のＤＮＡを書き換え中――

## 心臓をわしづかみにされたムンロ王子!?

**ドクタードルフィン** はい。ムンロ王子の人生のシナリオをすべてリセットした後で、ありとあらゆる高次元のＤＮＡコードを組み込みました。

**ムンロ王子** そうすると今、私は細胞から生まれ変わったという感じでしょうか？

**ドクタードルフィン** 細胞だけじゃなくて、身体全体も心も魂もオーラのＤＮＡもすべてが変わりました。ムンロ王子にとって、「自己存在意義の強化と確立」がこれまでの人生におけるテーマでしたけれど、今、この瞬間から「ありのままの自分で生きていく」というテーマに変わりました。それは、別の言葉で言えば、「これまでは、社会にフォーカスしていたけれど、自分にフォーカスを当てる人生に変わった」ということです。どうですか？　何かご自身で今、変化を感じていますか？　私から見て、肌のハリ、ツヤがさっきと全然違いますよ。今、目がキラキラ輝いています。

**ムンロ王子**

正直言って、ここまで「気を入れられた！」という感覚を覚えたことはないくらいすごかったです。もちろん、ドルフィン先生にとっては、「気を入れる」という行為ではないのでしょうが、そう感じました。先ほど、私がドルフィン先生のタロット鑑定の前に「気を入れる」というところからスタートしましたけれども、お客さんに対して気を入れていると、その最中に泣き出す方もいるんですよ。今は、私がそれを逆の立場で受けたような感じがしました。

あと、最初に私の人生のシナリオなどを読んでもらっているときは、何

**ドクタードルフィン**

かエネルギーが足のつまさきから入ってきて、末端からむずむずする感じがして「何かがきているな！」という感覚でした。その後、「書き換えます」と言われた瞬間から、心臓をすごいパワーでわしづかみにされているような不思議な感覚がしました。

このエネルギーは、私が自分で感じている「気」とも違う種類のエネルギーだというのがはっきりとわかりました。言葉にすると、周囲から触手がいっぱい伸びてきて、私にいろいろなことを施して、そして、ふっと消えていった、みたいな感じですね。もちろん、視覚的には何も起こっていないんですけれどね。とにかく、すごかったです。

一人ひとり感じ方も違うんですよね。でも「触手が伸びてくる」、というのは面白い表現ですね。ある意味、〝高次元の手術〟でもあるので、正しい表現なのかもしれないですね。それにしても、先ほどまでのムンロ王子の平だった胸板が今、少しぎゅっと盛り上がったような……。

ムンロ王子　きゃ〜〜!!　どうしよう!!

## ドクタードルフィンはやっぱり〝ドクター〟

ドクタードルフィン　10歳くらい若返った感じはしませんか？

ムンロ王子　私、若くなったかしら？（笑）。そういえば、山梨の七面山に登った話をしましたよね。その前に、滝修行に行った際に、現地のお坊さんに気を通していただいたお話はしましたが、その時と似たような感覚がしましたね。でも、その時は、身体の中を風がすっ〜と通り抜けていった気がしたんですが、今のは完全に〝目に見えない医療行為〟ですね。今

は、「もう、どこをいじったのよ?」みたいな感じで、何か〝存在〟みたいなものが在ったのが確かにわかりました。最初は、全身を調べられている感じで、触手がうろちょろしていて、DNAを書き換える時はハートにドン!と何かが響いてきました。今はとても身体も軽くなりました。

**ドクタードルフィン**

魂の目的と地球でフォーカスしているところが違うと、生きていくのがつらかったりします。もちろん、自分ではそんなことは感じていなくても、「何かが上手くいかない」という状況に陥ってしまうのです。ムンロ王子にも分離があったものが、今回、すべてハートに集約されました。

**ムンロ王子**

ありがとうございます! あと、ドルフィン先生はシリウスのお話をされますし、高次元のDNAコードを書き換えるとおっしゃいますが、今回受けてみて、なんとなく〝宇宙っぽい〟というのもよくわかりました。コズミックな感じですね。

ドクタードルフィン　「超次元超時空間松果体覚醒医学」ですからね。

ムンロ王子　先生は、医療の世界を目指してきて、そして、医療の世界からもう飛び出した！というふうにおっしゃいますが、今、こうやって受けてみると、やっぱり医療行為なんですよね。もちろん、メスも何も使いませんけれど。私も大学時代は政治の世界を目指していたけれど、それはある意味、「人が社会の中でより良い暮らしができるように」ということのお手伝いをすることですよね。でも今、私もタロットという別の形でそんなことをやっているのだと思います。つまり、大きな目標みたいなものは手段が変わっても同じなんですね。

ドクタードルフィン　魂の目的を自分にとって本当に正しい手段で行う、というところにたどり着くのが地球人のミッションなんでしょうね。

## ムンロ王子とムー大陸の関係

**ムンロ王子**

ところで、話は変わりますが、ムー大陸についてどう思われますか？

ムー大陸には諸説あって、空想上の大陸だったという説もあれば、今から1万2000年くらい前にあった南太平洋上の島であり、天変地異で水没した、という説もあります。あと、東大の博士で琉球大の教授になった海洋地質学者の木村政昭先生は、ムー大陸は沖縄にあったという説を唱えていらっしゃいます。

**ドクタードルフィン**

ムー大陸は、レムリア大陸が沈んだ後に、愛と調和にあふれた社会をつくることを諦めきれない魂たちが、新しい世界の再建を目指して生まれ変わった場所です。特に今、キリストのおおもとのエネルギーである

「再誕のエネルギー」が地球にどんどん入ってきているのです。つまり今、再び、ムーのエネルギーが活発になってきているんですよ。今、地球では平和的な破壊のエネルギーから、再誕、新生のエネルギーに包まれています。それを助けているのがシリウスのエネルギーでもあるのですが、それもムーのエネルギーを復活させるためでもあるんですよ。

## ムンロ王子

そうなんですね！　どうしてムー大陸について伺ったかというと、私が「ムンロ王子」と名乗っているのは、本名からとったわけなんです。ところが、ある人から「ムンロ」という文字を見ると、「ムーの入り口」というふうに見えると指摘されたことがあって、「何かムー大陸と関係あるんですか？」と聞かれたことがあるのです。それで、そんなことは自分ではまったく考えてもいなかったのですが、その機会にムー大陸のことを調べてみたら、驚いたのです。

というのも、ムー大陸の「サイエンスだけではなく、霊性をも高める」という精神が私のやりたかったことと同じだったからです。科学技術が進み高度な文明だったアトランティスは、結局はお金と欲にまみれて消滅してしまいましたよね。私がやりたいことはムー大陸で沈んでしまったものと同じなのかなと思って……。だから、私はムンロ王子と名乗ることで、「ムーの王子」みたいな存在でもありたいと思っているんですよ。

## ムーとレムリアは同じエネルギー

**ドクタードルフィン** 私はレムリアに縁があるのですが、レムリアとムーは同じエネルギーなんですよ。

**ムンロ王子** そうですよね。先ほども西表島の話をされていましたよね。私の中では、木村教授と同じようにムーは沖縄だったのではないかと思っています。

**ドクタードルフィン**
一般的にはレムリアは約8万年前に存在した大陸といわれていますが、私の言うレムリアは時空が違うレムリアでもあるので、もう少し幅広くて80万年前から8万年前の間に存在した、というふうに考えています。

**ムンロ王子**
なるほど。そうすると、約1万年前にあったムーはどちらにしてもその後、ということですよね。沖縄の海には古代の海底遺跡が眠っているとされていますが、「竜宮城」の話ではないけれど、沖縄の海にはいろいろなものが沈んでいると思っているんですよね。

**ドクタードルフィン**
あ、ちょっと待ってくださいね。今、リーディングしたいことが出てきました……。

――ドクタードルフィン、突如リーディングを開始――

## ムー大陸でも王子だったムンロ王子

**ドクタードルフィン** あ〜、ムンロ王子……。実は、ムンロ王子はムー大陸が1度沈んで、再び浮かび上がったときの最初の王子でもあるのです。王女でもないし、姫でもない。皇帝でもなく王子なんですよ。

**ムンロ王子** それは驚きですね！　でも、やはり王様にはならなかったわけですね。

**ドクタードルフィン** 実は、10歳くらいの時に王子になって、その後大人になって皇帝になったんだけれど、皇帝になって正式なお披露目もそこそこに、たったの2週間でまたムー大陸が沈んだのです。つまり、皇帝になって本格的に仕事をする前に沈んでしまったんですよね。だから、その時の想いが残っているんです。そして今、再び生まれてきて「ムンロ王子」となっているのです。

**ムンロ王子**

だから、まだ王子なんですね。今からまだきちんとやるべき仕事がある、という意味ですね。実は今のお話を聞いていて、ストンと腑に落ちたことがあります。というのも、私は沖縄にずっと行きたかったのですが、沖縄には行く機会がなかったのです。国内だし、いつか行けるだろう、と思っていると、逆に行かなかったりするじゃないですか。あえて南の島なら海外などに行ったりしてしまいますよね。

それで、やっと沖縄に行く機会が訪れたのですが、沖縄の那覇あたりはまだ何とも思わなかったのに、石垣島に足を踏み入れた瞬間にとても懐かしい気持ちが胸にこみ上げてきたのです。その旅では、宿泊した友人

の宿である行事に参加をすることになったのです。霊山の島が見えるその宿の庭には岩があって、僧侶の方がその岩を夫婦岩として「あうん」と命名したことで、その命名式に居合わせることになったので、庭で歌を歌うことになったのです。そこで私は、お経の後に「君が代」と「アメージンググレース」を歌うことにしたのです。

そして、そびえたつ男岩に向かって歌いはじめたら、はじめは岩に歌が反射して返されていたのですが、歌うにつれて岩に取り込まれ、なんだか自分が岩の中で歌っているような感覚になったのです。まるで、岩と自分が一体となったかのようでした。歌い終わると、お坊さんも、「岩がよろこんでいるよ！」とおっしゃってくださいました。２曲目は、今度は海に向かって歌ったのですが、不思議なことに、何万人もの観客に向かって歌っているような感覚になったのです。つまり、大自然の中の大きなステージで歌っているような錯覚になったのです。その時、その土地のスピリットたちに受け入れてもらったというか、自分のことを認めてもらっているような感じがしたのを覚えています。

ドクタードルフィン

ムーの皇帝のお披露目式だったんだろうね。かつてできなかったお披露目式が時を超えてやっと実現したのだと思いますよ。そして、その時のスピリットたちがそれを祝福に来てくれたのでしょう。でも、そんなふうにレムリアやムーとのつながりがある人たちは、日本の南の島に行くと何か感じる人が多いんですよね。

たとえば、私も西表島に行った時には、島に飛行機が着陸するかどうか、という時点から突然、女性っぽくなったのです。その時にご一緒した人たちからも「しっとりドルフィン」なんてあだ名をつけられたんですけれどね。とにかく、しゃべり方から振る舞い、すべての行動がフェミニンになってしまって。これも私のレムリア時代のエネルギーが自分の

中によみがえってきたのだと思います。あ、ちょっと待ってくださいね……。

――ドクタードルフィン、再び、リーディングを開始――

## 再び浮上したムーで2週間だけ夫婦だった2人

**ドクタードルフィン** なるほど！ また面白いことがわかりましたよ。実は、私はレムリアで沈んだ後、愛と調和の王国を再建しようとして、ムーに魂を置いたみたいです。実は、衝撃的事実なのですが、私は王子の幼馴染で王子と仲のいい女の子だったみたいです。そして、その後、王子が皇帝になった時の皇后になったようです。だから、私も皇后になってたったの2週間で死んでしまったんですね。要するに2人で一緒に沈んだんです。だからここで再び会って、「もう一度同じことをやろう！」となったみたいです。

**ムンロ王子**

あら、それは驚きです！　では、今回の出会いは再会だったんですね。

**ドクタードルフィン**

たった2週間の夫婦だったんです！

**ムンロ王子**

それはスクープではないですか！「ムー大陸の王と王妃、ここで再会！」みたいな。沖縄に行った時に、日本の原点はここにあるな、と感じたんですよね。だから「君が代」を歌いたくなったのですが。それに、邪馬台国も沖縄の方にあったという説もありますよね。でも、奈良のあたりにあった大和朝廷は、邪馬台国を関西エリアにしておきたかったので無理やりそうしていたわけですけれどね。

**ドクタードルフィン**

今年の3月14日に大分の宇佐神宮に行って、卑弥呼の魂を開きます。宇

佐神宮は全国に4万社あまりある八幡様の総本山ですが、実は卑弥呼の魂が眠っている場所でもあるのです。つまり、ここには卑弥呼のお墓、いわゆる古墳があるのですが、それを表には出してはいません。かつて、卑弥呼は宇佐神宮の後ろにある御許山(おもとさん)にある神木の周囲の岩に登ってアマテラスとコミュニケーションをしていたのです。そして今、卑弥呼のエネルギーは宇佐神宮に眠っているのですね。実はここで告白してしまいますが、私は卑弥呼だったのです。

**ムンロ王子**

え？　卑弥呼？　では、ムー大陸の後沈んで、その後に卑弥呼になっていたと？

## 卑弥呼と卑弥呼の父という関係

**ドクタードルフィン**　実はその時に、ムンロ王子は卑弥呼のパパだった。

**ムンロ王子**　え!?　なんだかちょっとクラクラしてきました！　なんと、邪馬台国でも私たちは一緒だったんですね。たしかに学校の授業には、卑弥呼のお父さんは出てきませんけれどね。当然ですが、卑弥呼に父さんはいるわけですしね。

**ドクタードルフィン**　私たちは、いつも、どちらかが男でどちらかが女と入れ替わっていたんですね〜。ちなみに、卑弥呼も道半ばで亡くなった人ですが、彼女のミッションも「愛と調和をこの世界に築く」ということでもあったのです。だから、その人生では父親であった王子とは親子だったんですね。でも、

その人生では、それまでの愛と調和の中にあった縄文のエネルギーが中国大陸や朝鮮半島から入ってきた弥生のエネルギーに負けてしまったのです。そういう意味において、ここで私たちは再び姿を変えて、今度は「ヘンタイドクター」と「ヘンタイタロット占い師」として、遂げられなかった思いを今回の人生で実現させるしかないですね！

**ムンロ王子**　まだ残された時間はありますよ！　愛って美しいものなんだけれどももろいから、愛の世界を実現できそうで、どこかでいつも挫折していたんですね。

**ドクタードルフィン**　妬み、嫉妬のエネルギーも強いですからね。

**ムンロ王子**　そう。人はいつの世でも愛を歌い、すべての芸術においても、愛がテーマになっているのに、それでもやはり虐げられてしまうんですよね。

## アイヌの酋長とその娘という関係

**ドクタードルフィン** とにかく、今回の出会いは出会うべくして出会ったディープな2人なんですね。実は今、降りてきましたが、どうやらアイヌの酋長とその娘としてここでも親子で一緒だったようです。その時はムンロ王子が私の娘です。この時代は、邪馬台国のずっと前で紀元前の頃ですね。

**ムンロ王子** 長い歴史の中で夫婦だったり親子だったり、と私たちは腐れ縁なんですね。なんだか私、ドルフィン先生にぐいぐい吸い寄せられてしまっています（笑）。完全にキテいます。それに、読まれている、というのもわかります。

**ドクタードルフィン** でも、私はこれで地球は最終章だから、これが最後なのかな。

**ムンロ王子**　私も卒業したいです！　一緒に連れていってほしいわ！

**ドクタードルフィン**　私が地球で卒業式を迎えるためにも、この出会いが必然だったような気がします。それに、沖縄が鍵でしたね。私は、これまでの書籍などでもお伝えしていますが、レムリアのもっと古い時代の1千万年前に、シリウスから茶色のイルカの姿で地球に入って来ました。シリウスがあまりにも自由だったから、地球では地に足がつかずにふわふわしていて横着だったんですよ。それが、鞍馬山伝説でも知られている金星から地球へ降臨したサナトクマラに恋をしてしまったんです。そして、恋をしたことで、ピンク色のイルカに変わったんですよ。

**ムンロ王子**　恋をしたら、やはりピンク色なんですね。ところで、この地球において、ドルフィン先生と私の最初の出会いはどこだったのでしょうか？

## 宇宙からすでに出会っていた2人 ――今度こそ、愛と調和の世界を目指して

――ドクタードルフィン、またまたリーディングを開始――

**ドクタードルフィン**　ほ〜〜。なるほど。実は、出会ったのは地球が最初というよりも、私がアルクトゥルスでプリンセスだった時代に、どうやら王子は私の兄だったようです。つまり、プリンスですね。私が妹だったんです。そこがはじめての宇宙での出会いですね。後、シリウスでは私が皇帝のときの娘としても一緒のようです。とにかく、全部絡んできていますね。

**ムンロ王子**　も〜、ある意味ソウルメイトじゃないですか。なんだか、やばいです。

**ドクタードルフィン**　何しろ、宇宙からの出会いですからね。ちなみに、私はイルカで地球に入ってきましたが、ムンロ王子はシリウスからはドラゴンの姿で地球に入ってきていますね。

**ムンロ王子**　実は、私は完全に龍系なんです。龍神でもあるスサノオノミコトは、私を遣いにしているような気がするんです。スサノオノミコトに操られている感じがする、といったらいいでしょうか。だから、私は龍と言われて納得ですね。とにかく、悠久の時をご一緒していたんですね。

**ドクタードルフィン**　人生で出会う方とはこれまでさまざまな過去生を共有してきた方も多いのですが、ここまでいつも一緒の人も珍しいですよ！　面白いですね。

**ムンロ王子**　本当ですね。実はこれまで私も「何で王子なの？」と言われることは多いのですが、自分でもなぜかわからずに、それでも王子と名乗りたかったのです。「リボンの騎士」とか「ベルサイユのばら」の「オスカル」とかを見て育ってきて、なんとなくピン！とくるものがあったんですね。不思議なんですが、決して王様ではなくて、王子なんですよね。王子のままがいいんです。

**ドクタードルフィン**

それは、王子から王様になった途端に2週間で死んでしまった記憶があるからなんだと思いますよ。

**ムンロ王子**

そうか！　私はずっと王子のままでいたかったんですね。永遠の王子様なんですね。今回、ドルフィン先生に言われた言葉は、自分にもすべて納得できることばかりで驚きました。

**ドクタードルフィン**

2人でこの人生で、これまで叶わなかった愛と調和に満ちた王国を今度こそ築いていきましょう！

**ムンロ王子**

はい！　ぜひ！　今回の人生では、王様とかお姫様だとかじゃなくて、「ヘンタイドクター」と「ヘンタイタロット占い師」ですけれどね！

88次元 Fa-A ドクタードルフィン

# 松久 正（Tadashi Matsuhisa）

鎌倉ドクタードルフィン診療所院長。日本整形外科学会認定　整形外科専門医。日本医師会認定健康スポーツ医。米国公認ドクターオブカイロプラクティック。慶應義塾大学医学部卒業、米国パーマーカイロプラクティック大学卒業。

地球社会と地球人類の封印を解き覚醒させる使命を持つ。自身で開発したDNAビッグバンという超高次元DNA手術（松果体DNAリニューアル）やセルフワークにより、人生と身体のシナリオを修正・書き換え、もがかずに楽で愉しい「お喜びさま」「ぷあぷあ」新地球人を創造する。高次元シリウスのサポートで完成された超次元・超時空間松果体覚醒医学∞ IGAKUの診療には、全国各地・海外からの新規患者予約が数年待ち。世界初の超時空間遠隔医学・診療を世に発信する。セミナー、ツアー、スクール（学園、塾）開催、ラジオ、ブログ、メルマガ、動画で活躍中。
ドクタードルフィン公式メールマガジン（無料）は、公式HPで登録受付にて月２回配信。動画映像からスペシャル高次元DNAコードをコードインする会員制のプレミアムサロン「ドクタードルフィン Diamond 倶楽部」は、常時、公式HPにて、入会受付中。公式HPのオフィシャルショップでは、ドクタードルフィンのエネルギーを注入したスペシャルパワーグッズを販売。

近著に、『ピラミッド封印解除・超覚醒 明かされる秘密』『神ドクター Doctor of God』（青林堂）、『宇宙からの覚醒爆弾 炎上チルドレン』『菊理姫（ククリヒメ）神降臨なり』『令和のDNA 0＝∞医学』、（ヒカルランド）、『幸せDNAをオンにするには 潜在意識を眠らせなさい』（明窓出版）、『死と病気は芸術だ！』『いのちのヌード　まっさらな命と真剣に向き合う医師たちのプロジェクト ヘンタイドクターズ』『シリウス旅行記　フツーの地球人が新しい地球と自分に出会うための異次元の旅』（ヴォイス）の他、『ワクワクからぷあぷあへ』（ライトワーカー）、『からまった心と体のほどきかた』（PHP研究所）、『あなたの宇宙人バイブレーションが覚醒します！』（徳間書店）など多数。『松果体革命』（ナチュラルスピリット）は、出版社における2018年のNo.1ベストセラーで、ドクタードルフィンの中核となる本。また、『「首の後ろを押す」と病気が治る』は健康本ベストセラーとなっており、『「首の後ろを押す」と病気が勝手に治りだす』（ともにマキノ出版）はその最新版。今、世界で最も影響力を持つスーパードクターである。

■ドクタードルフィン公式ホームページ　https://drdolphin.jp/

# ムンロ王子 (Prince Munro)

東京大学法学部卒の異色のタロット占い師（パワータロット・カウンセラー）。その他 IT 会社社長をはじめ、シャンソン歌手、朗読劇プロデューサーなど、さまざまな顔をもつハイブリッド・パフォーマーとしても知られている。朝日カルチャーセンター他、都内カルチャー教室におけるタロット占い講座を展開して、これまでに生徒数は 100 人を超える。『an-an』『女性セブン』など雑誌の占いページへ寄稿。また、『週刊朝日』やテレビ朝日『かみひとえ』など雑誌やテレビにも数多く登場。最近では、「サンスポ・コム（SANSPO.COM）」で日本ダービーを占い、見事万馬券を的中させて話題に。2019 年 11 月 11 日には、「サンスポ・コム」にてオンラインタロット占いサイト『ムンロ王子の占館』がオープン。続いて小学館から、『女性セブン』（1 月 1 日増刊号 ) の初のムック本、『ムンロ王子 2020 年運気が上がるタロット BOOK』が出版されて、占い師としてメジャー・デビューを果たす。2020 年は大ブレイクの予感。

# 宇宙の優等生になりたいなら、アウトローの地球人におなりなさい！

2020年3月15日　第1版第1刷発行

著　者　88次元 Fa-A ドクタードルフィン
松久 正
ムンロ王子

編　集　西元 啓子
イラスト　横川 功
校　閲　野崎 清春
デザイン　染谷 千秋（8th Wondor）

発行者　大森 浩司
発行所　株式会社 ヴォイス　出版事業部
〒106-0031
東京都港区西麻布 3-24-17 広瀬ビル
☎ 03-5474-5777（代表）
☎ 03-3408-7473（編集）
FAX 03-5411-1939
www.voice-inc.co.jp

印刷・製本　株式会社　光邦


ISBN 978-4-89976-504-2